DISC

MW00411994

Paru dans Le Livre de Poche :

CONFESSIONS

DISCOURS SUR L'ORIGINE ET LES FONDEMENTS
DE L'INÉGALITÉ PARMI LES HOMMES

DU CONTRAT SOCIAL

LETTRES PHILOSOPHIQUES

LA NOUVELLE HÉLOÏSE

RÊVERIES DU PROMENEUR SOLITAIRE

JEAN-JACQUES ROUSSEAU

Discours
sur les sciences et les arts

Édition présentée, établie et annotée par Jacques Berchtold

LE LIVRE DE POCHE

Professeur à l'université Paris III-Sorbonne nouvelle, Jacques Berchtold a récemment publié, à côté de nombreux travaux sur Rousseau, *Les Prisons du roman* (Droz, 2001).

© Librairie Générale Française, 2004.
ISBN : 978-2-253-19319-7 – 1ʳᵉ publication LGF

Introduction

Rousseau, flambeau dans les ténèbres des Lumières

À la faveur d'un séjour d'enfance heureux à Bossey près de Genève et d'années de jeunesse épanouies aux Charmettes près de Chambéry, le jeune Rousseau avait été éveillé tôt à l'amour d'une vie simple, proche de la nature. Il fut plus tard directement confronté à l'urbanité et aux bienséances « françaises » en entrant au contact, à partir de 1740, de la meilleure société de Lyon où il fut précepteur des enfants du prévôt général Mably. Pendant ce préceptorat qu'il racontera dans ses *Confessions*, il rédige un *Projet d'éducation* et s'efforce de partager l'idéal de l'honnête homme en recommandant des auteurs « classiques », Cicéron, Virgile et Quintilien, la traduction de Tite-Live, Salluste, César, l'histoire naturelle de l'abbé Pluche, les systèmes physiques et mathématiques de Descartes et Newton, l'histoire de César et Polybe, le droit naturel de Grotius et Pufendorf. Mais il propose déjà d'observer directement la nature, de faire des promenades et de la culture physique.

On ne saurait sous-estimer la rupture radicale que constitue dix ans plus tard la rédaction du *Premier Discours* qui marque la soudaine révélation des idées, du « système » et de la vocation messianique de Rousseau. On doit ainsi distinguer le petit précepteur et musicologue en gestation, ambitionnant de s'imposer dans le sillage du grand musicien Rameau, du Rousseau d'après 1751, auteur du *Premier Discours*, pédagogue d'un genre humain jugé dénaturé, et prédicateur de la vérité auprès des élites parisiennes courtisanes, perverties par des siècles de civilités. Après 1751, les ouvrages aux thèses radicales et provocantes se succéderont : son *Second Discours*, sur l'origine de l'inégalité, en 1755, puis *la Lettre à d'Alembert sur les spectacles* (1758), un roman épistolaire, *La Nouvelle Héloïse*, en 1761, et un roman pédagogique, l'*Émile*, ainsi que *Du contrat social*, l'année suivante. Visant tous la même cible et apparaissant comme autant de plaidoyers pour une humanité rendue à sa vocation naturelle, ils semblent tous s'engendrer les uns les autres selon une continuité logique.

La célébrité de Rousseau date de la publication du *Discours sur les sciences et les arts* : « Cette pièce qui m'a valu un Prix et qui m'a fait un nom, est tout au plus médiocre », écrira-t-il plus tard dans son Avertissement. Or ce *Premier Discours*, dont le potentiel est détonant – Diderot s'extasiera devant ce Jean-Jacques-« baril de poudre » qui était en attente d'une étincelle et qui ne demandait qu'à exploser – et dont le succès est démesuré, est entièrement débiteur d'une impulsion venue de l'extérieur. Quelle fut-elle ? En 1749, l'Académie de Dijon est humiliée par un jugement plein de commisération paru dans un article hautain publié à Paris. Le

Dictionnaire Moreri lui demande en effet de mieux prouver son adhésion à l'idéal du Progrès, « ce qui doit être le but des Académies ». Partout en Europe, la formulation de Questions mises au concours est un événement primordial dans la vie de ces institutions et les sujets proposés sont régulièrement annoncés par les revues. Or Dijon, affirmant son indépendance, a le front, en 1749, de poser sous forme de problème « ouvert » la question de morale : « Si le rétablissement des sciences et des arts a contribué à épurer les mœurs. » Comment pouvait-on ne pas brosser, après l'évasion hors des ténèbres du Moyen Âge, le tableau élogieux de l'éclaircie qui suivit, de la restitution des bonnes lettres à la Renaissance jusqu'à l'avènement des sciences exactes à l'âge moderne, apportant l'évidence de progrès sensibles dans tous les domaines ? Faire la louange de cette évolution est ce que suggèrent, sans l'ombre d'un doute possible, les Questions publiées régulièrement par l'Académie française et qui visent au panégyrique du siècle de Louis le Grand. Et les remises au pas péremptoires de Paris à l'adresse de Dijon après l'impertinence du Prix décerné à Rousseau ne manqueront pas de frapper par les certitudes démonstratives dont elles témoignent, que ce soit le *Discours* aux élèves de Sorbonne (*À quel point la Vertu est débitrice des Lettres*, 12 août 1751) ou la Question de l'Académie de 1752 (« Que l'amour des Lettres inspire l'amour de la Vertu »).

Or le jury dijonnais confirme sa singulière indépendance en classant les participants qui ont opté, contre toute attente, pour la conclusion négative : « le rétablissement des sciences et des arts n'a pas contribué à épurer les mœurs ». Est-ce uniquement la conséquence de ce couronnement scandaleux ? Jamais un prix (même parisien) ne connut ni ne connaîtra jamais une célébrité comparable à celle qui s'attache au lauréat du Prix dijonnais de 1750. Si, pour un jeune « savant » ambitieux, l'obtention d'un Prix correspondait dans le meilleur des cas à un lancement décisif, l'accès si brutal et fulgurant de Rousseau au statut d'auteur est sans exemple.

Il fallait la perspicacité et la lucidité de Rousseau pour apercevoir dans l'ascension du soleil incontesté du Progrès la montée irrésistible d'une nuit d'encre déplorable. Son regard singulier le lui enseigne d'un seul coup. Son propre *Discours* est dès lors frappé d'une mission de dévoilement de la vérité qui lui confère un caractère grave et solennel et qui l'apparente aux mises en garde véhémentes et aux lamentations, hélas toujours inutiles aux oreilles « qui ne veulent point entendre », des prophètes de l'Ancien Testament : le tableau qu'il met sous leurs yeux doit prouver aux lecteurs qu'il leur faut corriger leur point de vue pour constater à leur tour, derrière l'inventaire illusoire qui les remplit de satisfaction – c'est la leçon de l'épigraphe : « Nous sommes trompés par l'apparence du bien » –, l'étendue des dégâts réels. L'entreprise, démesurée dans son ambition, s'annonce par avance incompréhensible à l'entendement des élites cultivées et proclame par avance aussi son échec. Leur attitude à tous étant erronée, leur persévérance dans les mauvaises dispositions à mal juger peut être annoncée comme certaine : « On n'a jamais ouï dire qu'un peintre qui expose en public un tableau soit obligé de visiter les yeux des spectateurs et de fournir des lunettes à tous ceux qui en ont besoin », écrit Rousseau en 1751 dans sa *Réponse à Gautier*. Le destin de solitude de Jean-Jacques, l'incompréhension, la surdité et l'aveuglement auxquels il se heurtera, son statut de messie moqué, mal compris, déformé et bientôt persécuté sont par avance programmés par les thèses exposées. La relation qui s'établit ainsi entre celui qui révèle la vérité et les destinataires de son message qui s'efforcent de ne rien entendre est appelée à connaître dans les productions ultérieures de Rousseau des développements considérables. La condition de l'isolé est pour ainsi dire fatalement inscrite dans le *Discours*, qui est à cet égard une « malédiction » à proprement parler pour qui doit le proférer.

Il est à relever que Rousseau, lorsqu'il oppose la science et les arts à la « vertu », évite soigneusement de s'abriter derrière la condamnation chrétienne traditionnelle de la science profane. Combien avant lui ne s'étaient-ils pas appuyés soit sur le constat désabusé de l'Ecclésiaste (vanité de toutes les pauvres certitudes des investigations humaines !), soit sur la simplicité évangélique enseignée par le Christ (supériorité de la foi innocente sur la science trompeuse des prétendus savants) ? Les Pères de l'Église avaient obstinément opposé la philosophie séculière et les belles-lettres païennes (inutiles) aux vertus chrétiennes nécessaires au salut. Puis à la Renaissance, où la « curiosité » jouit d'une valorisation positive nouvelle, le débat avait été relancé de plus belle à la faveur de la large diffusion des textes sceptiques des philosophes antiques. Les *Essais* de Montaigne – contemporains du livre d'Agrippa, *De la vanité et de l'incertitude des sciences* – avaient formulé le péril qu'encourt la « vertu » lorsque dominent les arrogantes prétentions de connaissance, et cité sans se lasser Socrate – dans

l'*Apologie* de Platon – et le Sénèque des *Lettres* 88,
95 et 106 *à Lucilius*.

La composition en deux parties retenue pour le *Discours* est familière au jury dijonnais comme aux lecteurs lettrés. Conforme à la tradition rhétorique de la
dissertation, cette division permet de proposer une
investigation historique (où des conclusions sont tirées
à partir d'exemples significatifs) suivie d'une analyse
où le rapport des arts, des sciences et de la morale est
envisagé à partir d'une série d'hypothèses. Le ton
véhément est plus déroutant. Alors que le propos de
Rousseau vise ses contemporains, ses exemples posi-
tifs – notamment la Sparte de Lycurgue, l'exception
socratique à Athènes ou la Rome de Fabricius – frap-
pent par leur ancienneté. Ils sont empruntés à des
auteurs – Plutarque, Sénèque, Tacite – que Montaigne
avait lui aussi sur sa table de chevet. Le *Discours*
n'adhère cependant pas à chaque contour de la pensée
nuancée de Montaigne. Si Rousseau accorde aux
Essais le statut de boussole qui oriente sa réflexion, il
lui arrive de revenir aussi directement à Sénèque, à
Plutarque ou à Diogène Laërce.

Un laps de temps considérable ne s'est-il pourtant
pas écoulé ? Les démonstrations sceptiques et « para-
doxales » des moralistes de la Renaissance et leur
méfiance envers le soi-disant progrès des sciences
n'ont-elles pas reçu le statut de ratiocinations « gra-
tuites » et oiseuses ? Avec les progrès décisifs des
techniques, de la médecine et des arts appliqués, avec
l'amélioration du confort dû aux inventions, avec
l'essor des Académies fondées sous Louis XIV, avec
l'avènement des systèmes de Galilée, Descartes ou
Newton, les mises en garde qui seraient autre chose

que des provocations ou des jeux d'esprit relèvent d'une mentalité chagrine et d'un âge révolu : elles sont réservées à quelques esprits retardataires dont elles trahissent l'esprit immobile et timoré. La mode est indéniablement à l'éloge du progrès de l'esprit humain, à l'image du projet de l'*Encyclopédie* et de la thèse défendue par Turgot en 1750 dans son *Tableau des progrès successifs de l'esprit humain*. Même un théologien comme le protestant genevois Turrettini, lorsqu'il examinait de façon équilibrée, dans un discours publié en 1737, *La Vanité et l'Importance des sciences*, rompait avec la rigidité dogmatique ancienne et plaidait pour la réconciliation de la foi et de la science.

Rousseau n'a certes pas voulu scandaliser en élaborant un beau « paradoxe » auquel il n'aurait pas cru lui-même. Mais ne serait-il que passéiste et *rétrograde* lorsqu'il tire un profit considérable des arguments de Montaigne ? Certainement pas. La réhabilitation visionnaire et nostalgique de l'« état de nature » et de l'« homme primitif », encore confuse et embryonnaire dans le *Discours*, n'était pas au centre pour l'« honnête homme » des *Essais*. Pourtant, dans son traitement de la Question, il faut reconnaître que Rousseau paraît d'abord ne pas se distinguer par l'originalité de ses arguments. Pour qui connaît la tradition des dissertations antérieures sur le même sujet, il saute aux yeux que son *Discours* est susceptible d'être lu comme un vibrant hommage adressé, en pleine connaissance de cause, aux vues pénétrantes des *Essais*. Rousseau, qui ne dissimule aucun emprunt à Montaigne, est conscient d'encourir le risque d'apparaître comme quelqu'un qui redit et répète. Mais en même temps il est sûr de l'apport novateur de son *Discours* ; il suffit là encore de déplacer le point de vue et de changer de critère d'appréciation : « Je sais que les déclamateurs ont dit cent fois tout cela ; mais ils le disaient en déclamant, et moi je le dis sur des raisons ; ils ont aperçu le mal, et moi j'en découvre les causes, et je fais voir surtout une chose très consolante et très utile en montrant que tous ces vices n'appartiennent pas tant à l'homme, qu'à l'homme mal gouverné », écrira-t-il dans la *Préface* à l'une de ses pièces de théâtre, *Narcisse*.

En particulier, l'appel à ressusciter l'image d'un homme « primitif » accompli passe par la *réhabilitation des mots*, qu'il s'agit de rendre à eux-mêmes en dépit de leur dévaluation et de leur usure. Au-delà de sa logique argumentative parfois boiteuse et de sa verve exagérément véhémente, le *Discours* a pour enjeu prioritaire d'apporter de la clarté dans une guerre terminologique, de rabaisser le privilège indûment accordé à des mots vides de sens : « Serons-nous toujours dupes des mots ? Et ne comprendrons-nous jamais qu'études, connaissances, savoir et philosophie ne sont que de vains simulacres élevés par l'orgueil humain et très indignes des *noms pompeux* qu'il leur donne ? » dit-il dans la *Réponse à Bordes*. Et dans la *Réponse à Lecat* : « Je voyais que les gens de lettres parlaient sans cesse d'équité, de modération, de vertu, et que c'était *sous la sauvegarde sacrée de ces beaux mots* qu'ils se livraient impunément à leurs passions et à leurs vices. »

Surtout, à l'inverse, il s'agit de revigorer des concepts simples et d'en appeler à une *renaturalisation* des termes qui désignent les valeurs fondamentales, en proposant un plaidoyer pour la noblesse de *mots* indûment prononcés par tous et qui désignent une réalité oubliée, ou offrent un sens aujourd'hui galvaudé, bafoué, ridiculisé : « [...] ces vains et futiles déclamateurs vont de tous côtés, armés de leurs funestes paradoxes ; sapant les fondements de la foi, et anéantissant la vertu. Ils sourient dédaigneusement *à ces vieux mots* de patrie et de religion, et consacrent leurs talents et leur philosophie à détruire et avilir tout ce qu'il y a de sacré parmi les hommes », écrit Rousseau dans le *Premier Discours* (p. 56). Ou encore : « Vos enfants ignoreront leur propre langue, mais ils en parleront d'autres [...] sans savoir démêler l'erreur de la vérité, ils posséderont l'art de les rendre méconnaissables aux autres par des arguments spécieux : mais *ces mots* de magnanimité, de tempérance, d'humanité, de courage, ils ne sauront ce que c'est ; ce doux nom de patrie ne frappera jamais leur oreille » (p. 67). Et dans sa *Réponse à Raynal*, il affirme : « Je ne répondrai que par deux autres *mots* qui sonnent encore plus fort à mon oreille : vertu ! vérité ! m'écrierai-je sans cesse, vérité ! vertu ! Si quelqu'un n'aperçoit là *que des mots*, je n'ai plus rien à lui dire. »

Rousseau évite de prêter à son *Discours* l'allure d'un pastiche attardé de « démonstration évangélique » en gommant à l'extrême la référence chrétienne. Il fera plus tard des concessions à cet arsenal argumentatif trop bien connu dans la *Réponse au roi Stanislas*, et se montrera très bien informé de l'idéal de l'Église primitive. Mais c'est émancipé de la référence religieuse qu'il instaure un contexte mythique autour de la genèse de son texte – comme s'il réclamait que lui fût reconnu le statut d'une sorte d'inspiration sanctificatrice laïcisée. Dans sa *Deuxième lettre à Malesherbes*

du 12 janvier 1762[1], il devait « romancer » (sur le
modèle des conversions mystiques) l'épisode autobio-
graphique de sa découverte de la Question mise au
concours par Dijon : « J'allais voir Diderot, alors pri-
sonnier à Vincennes ; j'avais alors dans ma poche un
Mercure de France que je me mis à feuilleter le long
du chemin. Je tombe sur la question de l'Académie de
Dijon qui a donné lieu à mon premier écrit. Si jamais
quelque chose a ressemblé à une inspiration subite
c'est le mouvement qui se fit en moi à cette lecture ;
tout à coup je me sens l'esprit ébloui de mille lumières ;
des foules d'idées vives s'y présentèrent à la fois avec
une force et une confusion qui me jeta dans un trouble
inexprimable ; je sens ma tête prise par un étourdisse-
ment semblable à l'ivresse. Une violente palpitation
m'oppresse, soulève ma poitrine ; ne pouvant plus res-
pirer en marchant, je me laisse tomber sous un des
arbres de l'avenue, et j'y passe une demi-heure dans
une telle agitation qu'en me relevant j'aperçus tout le
devant de ma veste mouillé de mes larmes sans avoir
senti que j'en répandais. Oh ! Monsieur si j'avais
jamais pu écrire le quart de ce que j'ai vu et senti sous
cet arbre, avec quelle clarté j'aurais fait voir toutes les
contradictions du système social, avec quelle force
j'aurais exposé tous les abus de nos institutions, avec
quelle simplicité j'aurais démontré que l'homme est
bon naturellement et que c'est par ces institutions
seules que les hommes deviennent méchants ! Tout ce
que j'ai pu retenir de ces foules de grandes vérités qui
dans un quart d'heure m'illuminèrent sous cet arbre, a

---

1. Voir les *Lettres philosophiques* de Rousseau éditées par Jean-
François Perrin, Le Livre de Poche, 2003 (n° 4681).

été bien faiblement épars dans les trois principaux de mes écrits, savoir ce premier Discours, celui sur l'inégalité et le Traité de l'éducation, lesquels trois ouvrages sont inséparables et forment ensemble un même tout. Tout le reste a été perdu, et il n'y eut d'écrit sur le lieu même que la Prosopopée de Fabricius. Voilà comment lorsque j'y pensais le moins, je devins auteur presque malgré moi. »

Une telle transposition confère au désir de concourir, né sur le chemin de Vincennes en octobre 1749, une dimension clairement providentielle. Qu'il s'agisse de saint Paul sur le chemin de Damas ou de saint Augustin à Milan, la rencontre triangulaire entre Rousseau, le libellé du concours dijonnais révélé par une page du *Mercure* et la révélation fulgurante de la Vérité unitaire appelle le souvenir de glorieux modèles d'épiphanie. Il est sûr que Rousseau se montre conscient de la « singularité » de son destin. La rédaction du *Discours*, il prétend l'avoir pressenti, allait produire un tel trouble parmi ses semblables peu préparés à affronter la « vérité » que sa publication devait nécessairement déclencher une période de persécutions contre son auteur. Par la nature de l'explication qu'il prend soin de donner, Rousseau refuse absolument d'être rangé parmi de nombreux autres jeunes débutants « montés à Paris », candidats impatients au statut enviable d'« Auteur » et prêts à tout pour se faire un nom, préférant n'importe quelle extravagance provocatrice plutôt que de demeurer anonymes. À mille lieues des mystifications destinées à scandaliser, Jean-Jacques était quant à lui prédestiné à être l'ami des hommes en dépit de leur hostilité. La Providence – ainsi veut-il nous en convaincre – décidait que ce Genevois répu-

blicain d'humble condition, non scolarisé, surgisse de
l'anonymat pour rappeler des vérités dures à entendre
à des Parisiens monarchistes, « philosophes » arro-
gants, libertins, amis du luxe et des spectacles. Ne
s'agissait-il pas d'un juste retour de balancier après les
prêches à Genève du Français Jean Calvin qui, deux
siècles plus tôt, avait sorti ses contemporains corrompus de leur nuit catholique, légué à la cité lémanique
la Réforme, et rénové sa devise : « Après les ténèbres,
la lumière » (*Post tenebras lux*) ? À la suite de son
Discours, pour se mettre en accord avec ses thèses,
Rousseau décide donc d'accomplir une « réforme »
dans son mode de vie qui confirmera aux yeux du
public et de l'*intelligentsia* parisienne son statut
d'étrange énergumène – une sorte de « Diogène
moderne » sobre et vociférateur brandissant sa lanterne
dans la nouvelle Athènes corrompue – et le confortera
dans une position de radicale intransigeance.

Le *Discours* connaît un succès considérable, à la fois
foudroyant et durable. Alors qu'il paraît au début de
1751, Diderot écrit à Rousseau : « Il prend tout par-
dessus les nues ; il n'y a pas d'exemple d'un succès
pareil », et Frédéric II prolongera encore la controverse
en 1772. Le conflit hargneux auquel le *Discours* allait
donner lieu et les graves mésententes qu'entraînera
l'interprétation de ses intentions étaient prophétisés dès
le début dans l'étonnante épigraphe liminaire : « Pour
eux je suis un barbare, parce qu'ils ne me comprennent
pas. » Mais on ne vit jamais dans les disputes acadé-
miques une telle avalanche de critiques, de « réfutations » et de « réponses ». En produisant durant
l'année 1751 quelques *Réponses* aux réfutations, le
non-universitaire Rousseau surprend ses détracteurs

par sa vigueur et sa ténacité, se renforce dans ses convictions, précise ses positions, et surtout explore les conséquences sociales de ses thèses. Dans la *Dernière réponse à Bordes* et dans la *Préface* de *Narcisse*, on le voit avancer en visionnaire vers un horizon toujours plus englobant de son système et vers la formulation de la critique de l'organisation politique de la société qui sera bientôt théorisée dans le *Discours sur l'origine de l'inégalité* et dans le *Contrat social*.

L'immense paradoxe du succès du *Discours* tient au fait que son analyse peut légitimement donner raison aux agacements de ceux qui, tel Voltaire, ne voulurent jamais y trouver autre chose qu'une pochade d'étudiant construite de bric et de broc et indûment surévaluée ; dans ce cas, des moyens intellectuels disproportionnés auraient été mobilisés dans l'Europe entière pour réfuter un texte médiocre, quasi plagiaire, qui ne méritait pas cet honneur. Endurci dans une cécité conditionnée par des réflexes nobiliaires, Voltaire veut croire que l'œuvre entière de Rousseau se borne à étaler contre les sciences et les arts des arguments tirés de l'*Ode* II, IX du poète pastoral Jean-Baptiste Rousseau, où la « raison » est l'instrument des maux endurés par l'humanité et l'origine de ses déplorables ténèbres. Sans elle, la « vertu » servirait encore de guide et d'appui. Panégyriste de cette vertu antique et de l'innocence des simples, Jean-Baptiste Rousseau condamnait les orateurs sophistes débitant des discours illusoires et « l'ivresse d'un faux savoir » ne flattant que la vanité : tandis que l'homme s'enorgueillit de prétendus pouvoirs, les « stratagèmes » favorisent en réalité ses vices. Alors que la raison « égare », Jean-Baptiste Rousseau célébrait déjà l'heureuse « ignorance » des hommes primitifs (le Huron américain habitant de simples « huttes »). L'« instinct » naturel conduit à se montrer reconnaissant face à la bonté céleste, à dédaigner la science arrogante des « philosophes pointilleux » parce qu'elle n'est en réalité que « clarté ténébreuse », « piège » et « poison », et à se contenter des connaissances placées à notre portée par la Providence. Le 29 novembre 1766, Voltaire expliquera donc dans sa lettre à Bordes, l'un des principaux détracteurs du *Discours*, que Jean-Jacques a intériorisé l'ode rousseauiste[1] jusqu'à se l'accaparer : « Jean-Jacques n'est qu'un malheureux charlatan qui, ayant volé une petite bouteille d'élixir, l'a répandu dans un tonneau de vinaigre, et l'a distribué au public comme un remède de son invention. »

L'immense polémique et l'agitation extrême des esprits qu'entraîne la publication du *Discours* sont cependant des symptômes révélateurs de malaises plus profonds. La thèse avancée par l'ancien petit précepteur lyonnais ne s'annonce-t-elle pas comme « pernicieuse à la société et d'une très dangereuse conséquence », ainsi que le dit Bonneval en 1753 dans sa *Lettre d'un ermite à J.-J. Rousseau* ? En dépit du caractère apparemment scolaire, « néo-réactionnaire » et déjà mille fois répété de l'exercice, quelque chose d'authentiquement virulent, de sincèrement rebelle, d'éminemment moderne, de fondamentalement novateur sonne juste et résiste aux sarcasmes. Sous le faux plagiat de Montaigne, une force encore insoupçonnée transparaît dans l'esquisse malhabile du « primitif » réhabilité en la personne du citoyen libre, sobre et

_____

1. Sur Rousseau I, Rousseau II, voir la Chronologie, 1742, p. 82.

vertueux, qui, surgissant hors de l'Antiquité, se signale de façon inquiétante et annonce rationnellement le possible vacillement des manières raffinées, de l'idéal scientiste et de l'optimisme mercantile. La restauration vigoureuse et convaincue de ces figures allait immanquablement susciter de nouveaux éclairages sur l'homme et la nature du lien social, et contribuer à remettre en cause, bientôt, l'idéologie « encyclopédique » des Lumières, les valeurs culturelles établies, voire le consensus de la France monarchique confiante dans le Progrès[1].

Jacques BERCHTOLD

---

1. Je remercie Alain Grosrichard pour ses précieuses suggestions.

Satyre, tu ne le connois pas. Voy. note pag. 81.

Ch. Baquoy Sculp.

Frontispice du *Premier Discours* (1751), gravure de Jean-Baptiste
Pierre, accompagné de la légende : « Satyre, tu ne le connais pas. »
Prométhée apportant le feu à l'homme met celui-ci en garde devant
les risques de mauvais usages, qu'encourage le satyre irrespon-
sable. Voir la note de Rousseau, p. 51.

DISCOURS
qui a remporté le prix
à l'Académie de Dijon
en l'année 1750.

Sur cette Question proposée par la même Académie :
Si le rétablissement des sciences et des arts
a contribué à épurer les mœurs[1].

Barbarus hic ego sum quia non intelligor illis,
OVIDE[2].

---

1. Il est remarquable que la question posée ait été ouverte. Des appels à « démonstrations », imposant telle conclusion, constituaient les sujets de morale de l'Académie française (voir la Chronologie, p. 79). **2.** *Tristes*, I, x, 37 : « Ici c'est moi qui suis le barbare, parce que je ne suis pas compris par ceux-là. » Le poète finement lettré prononce cette phrase alors qu'il endure un exil solitaire, chez des Scythes et des Sarmates sans latinité, près de la mer Noire. Le Genevois laisse entendre que son âme de « Romain » rugueux se trouve, quant à sa relation à la « vertu », dépaysée dans un environnement de lettrés parisiens immoraux, assimilables à des barbares.

Avertissement[1]

Qu'est-ce que la célébrité ? Voici le malheureux
ouvrage à qui je dois la mienne. Il est certain que cette
pièce qui m'a valu un prix et qui m'a fait un nom est
tout au plus médiocre[2] et j'ose ajouter qu'elle est une
des moindres de tout ce recueil. Quel gouffre de misè-
res n'eût point évité l'auteur, si ce premier livre n'eût
été reçu que comme il méritait de l'être ? Mais il fallait
qu'une faveur d'abord injuste m'attirât par degrés une
rigueur qui l'est encore plus.

---

1. Rédigé tardivement (sans doute vers 1762-1764), cet Avertissement ne sera publié qu'en 1781.   2. Dévalorisation semblable du *Discours* dans le livre VIII des *Confessions* : « Cet
ouvrage plein de chaleur et de force manque absolument de logique
et d'ordre ; de tous ceux qui sont sortis de ma plume, c'est le plus
faible de raisonnement et le plus pauvre de nombre et d'harmonie. »

Préface

Voici une des grandes et plus belles questions qui aient jamais été agitées. Il ne s'agit point dans ce Discours de ces subtilités métaphysiques qui ont gagné toutes les parties de la littérature, et dont les programmes d'Académie ne sont pas toujours exempts[1] ; mais il s'agit d'une de ces vérités qui tiennent au bonheur du genre humain.

Je prévois qu'on me pardonnera difficilement le parti que j'ai osé prendre. Heurtant de front tout ce qui fait aujourd'hui l'admiration des hommes[2], je ne puis m'attendre qu'à un blâme universel ; et ce n'est pas pour avoir été honoré de l'approbation de quelques sages que je dois compter sur celle du public : aussi mon parti est-il pris ; je ne me soucie de plaire ni aux

---

1. Pour situer la Question de Dijon parmi les Questions d'Académies, voir la Chronologie, p. 79. **2.** Pensons aux dissertations des idéologues monarchistes qui ont célébré le « progrès » sous Louis XIV ; sur un nouveau front, aux déclarations d'intention enthousiastes de Diderot et d'Alembert dans le *Prospectus* de l'*Encyclopédie*. En 1750, Turgot soutient en Sorbonne une thèse sur les progrès de l'esprit humain, dans laquelle il montre l'humanité passer de l'état du chasseur au pasteur puis au laboureur et émet l'idée que bientôt viendra l'état d'entrepreneur.

beaux esprits, ni aux gens à la mode[1]. Il y aura dans tous les temps des hommes faits pour être subjugués par les opinions de leur siècle, de leur pays, de leur société : tel fait aujourd'hui l'esprit fort et le philosophe, qui par la même raison n'eût été qu'un fanatique du temps de la Ligue[2]. Il ne faut point écrire pour de tels lecteurs, quand on veut vivre au-delà de son siècle.

Un mot encore, et je finis. Comptant peu sur l'honneur que j'ai reçu, j'avais, depuis l'envoi, refondu et augmenté ce Discours, au point d'en faire, en quelque manière, un autre ouvrage ; aujourd'hui, je me suis cru obligé de le rétablir dans l'état où il a été couronné. J'y ai seulement jeté quelques notes et laissé deux additions faciles à reconnaître[3], et que l'Académie n'aurait peut-être pas approuvées. J'ai pensé que l'équité, le respect et la reconnaissance exigeaient de moi cet avertissement.

---

1. Cette dénégation de toute obédience à la nécessité de « plaire » au lecteur est une constante chez Rousseau.   **2.** L'origine protestante de Rousseau et la lecture de *La Henriade* de Voltaire sont responsables d'une grande sensibilité à l'égard de Henri IV, héros confronté au complot des Ligueurs lors des guerres de Religion. Paradoxe remarquable, Henri IV sera sollicité plus bas, alors que l'« Homère français » à qui il doit beaucoup sera admonesté à cause de son éloquence (notes 1, p. 47, 1, p. 48 et 2 et 3, p. 61). Plus tard, Rousseau persécuté appliquera à lui-même l'imaginaire de la Ligue : voir les *Dialogues*.   **3.** Le manuscrit jugé au concours ayant disparu, l'identification des ajouts pose bel et bien une épaisse énigme.

Discours

Decipimur specie recti[1].

Le rétablissement des sciences et des arts[2] a-t-il contribué à épurer ou à corrompre[3] les mœurs ? Voilà ce qu'il s'agit d'examiner. Quel parti dois-je prendre dans cette question ? Celui, messieurs, qui convient à un honnête homme qui ne sait rien, et qui ne s'en estime pas moins.

Il sera difficile, je le sens, d'approprier ce que j'ai à dire au tribunal où je comparais. Comment oser blâmer les sciences devant une des plus savantes compagnies de l'Europe, louer l'ignorance dans une célèbre Académie, et concilier le mépris pour l'étude avec le

---

1. Horace, *Art poétique*, v. 25 : « Nous sommes trompés par l'apparence du bien. » Cette formule sur l'être et le paraître a servi de signature au candidat au concours (contraint à l'anonymat). Le parrainage de ce poète impose l'association entre sagesse et « retraite tranquille loin de la ville » (voir l'épigraphe des *Confessions*, VI). **2.** La vision classique veut que les « bonnes lettres » aient été « restituées » à la Renaissance. **3.** L'énoncé dijonnais ne mentionnait pas la « corruption ». Ajout significatif de la part de Rousseau qui refuse de traiter de l'« épuration » et donc de la question posée.

respect pour les vrais savants ? J'ai vu ces contrariétés[1] ; et elles ne m'ont point rebuté. Ce n'est point la
science que je maltraite, me suis-je dit ; c'est la vertu[2]
que je défends devant des hommes vertueux. La probité
est encore plus chère aux gens de bien que l'érudition
aux doctes. Qu'ai-je donc à redouter ? Les lumières de
l'Assemblée qui m'écoute ? Je l'avoue ; mais c'est pour
la constitution du discours, et non pour le sentiment
de l'orateur. Les souverains équitables n'ont jamais
balancé à se condamner eux-mêmes dans des discus-
sions douteuses ; et la position la plus avantageuse au
bon droit est d'avoir à se défendre contre une partie
intègre et éclairée, juge en sa propre cause.

À ce motif qui m'encourage, il s'en joint un autre
qui me détermine : c'est qu'après avoir soutenu, selon
ma lumière naturelle, le parti de la vérité[3], quel que
soit mon succès, il est un prix qui ne peut me manquer :
Je le trouverai dans le fond de mon cœur.

---

1. Rousseau sait qu'il prête le flanc au reproche d'être un
« auteur à paradoxes ».   **2.** La « vertu » est un terme clé du
Discours. Remarquons une déchristianisation du terme sous
l'influence des citoyens rugueux de la Rome primitive. Voir
l'exposé sur la vertu menacée par les vains savoirs dans les
lettres 88 et 95 de Sénèque à Lucilius.   **3.** En 1764, Rousseau
prendra comme devise : *Vitam impendere vero* (« Consacrer sa vie
à la vérité », Juvénal, *Satires*, IV, 91).

PREMIÈRE PARTIE

C'est un grand et beau spectacle[1] de voir l'homme
sortir en quelque manière du néant par ses propres
efforts ; dissiper, par les lumières de sa raison, les ténèbres dans lesquelles la nature l'avait enveloppé ; s'élever au-dessus de lui-même ; s'élancer par l'esprit jus-
que dans les régions célestes ; parcourir à pas de géant,
ainsi que le soleil, la vaste étendue de l'univers ; et, ce
qui est encore plus grand et plus difficile, rentrer en
soi pour y étudier l'homme et connaître sa nature, ses
devoirs et sa fin[2]. Toutes ces merveilles se sont renou-
velées depuis peu de générations.

L'Europe était retombée dans la barbarie des premiers âges. Les peuples de cette partie du monde
aujourd'hui si éclairée vivaient, il y a quelques siècles, dans un état pire que l'ignorance. Je ne sais quel
jargon scientifique, encore plus méprisable que
l'ignorance, avait usurpé le nom du savoir, et opposait

---

1. On relèvera la place accordée dès le début au « spectacle »,
terme récurrent du *Discours* où le registre visuel sera abondamment
sollicité. Dans la Préface, la Question posée par Dijon était aussi
saluée comme « grande et belle ».　　**2.** Effet de symétrie : le
Discours s'achèvera encore sur l'invitation à « rentrer en nous ».

à son retour un obstacle presque invincible. Il fallait
une révolution pour ramener les hommes au sens
commun ; elle vint enfin du côté d'où on l'aurait le
moins attendue. Ce fut le stupide Musulman, ce fut
l'éternel fléau des lettres qui les fit renaître parmi
nous. La chute du trône de Constantin porta dans
l'Italie les débris de l'ancienne Grèce[1]. La France
s'enrichit à son tour de ces précieuses dépouilles.
Bientôt les sciences suivirent les lettres ; à l'art
d'écrire se joignit l'art de penser ; gradation qui paraît
étrange et qui n'est peut-être que trop naturelle ; et
l'on commença à sentir le principal avantage du commerce des Muses, celui de rendre les hommes plus
sociables en leur inspirant le désir de se plaire les uns
aux autres par des ouvrages dignes de leur approbation mutuelle.

L'esprit a ses besoins, ainsi que le corps. Ceux-ci
sont les fondements de la société, les autres en sont
l'agrément. Tandis que le gouvernement et les lois
pourvoient à la sûreté et au bien-être des hommes
assemblés, les sciences, les lettres et les arts, moins
despotiques et plus puissants peut-être, étendent des
guirlandes de fleurs sur les chaînes de fer dont ils
sont chargés, étouffent en eux le sentiment de cette
liberté originelle pour laquelle ils semblaient être nés,
leur font aimer leur esclavage et en forment ce qu'on
appelle des peuples policés. Le besoin éleva les trô-
nes ; les sciences et les arts les ont affermis. Puis-

---

1. Le moment fondateur de la *translatio studii* qui allait mettre
fin au Moyen Âge et conduire à la Renaissance des sciences et des
arts est fixé à la prise de Constantinople par les Turcs musulmans
en 1453 (apports culturels décisifs des Grecs réfugiés en Italie).

sances de la terre[1], aimez les talents, et protégez
ceux qui les cultivent*. Peuples policés, cultivez-
les : heureux esclaves, vous leur devez ce goût délicat
et fin dont vous vous piquez ; cette douceur de caractère et cette urbanité de mœurs qui rendent parmi
vous le commerce si liant et si facile ; en un mot,
les apparences de toutes les vertus sans en avoir
aucune.

C'est par cette sorte de politesse, d'autant plus
aimable qu'elle affecte moins de se montrer, que se
distinguèrent autrefois Athènes et Rome dans les
jours si vantés de leur magnificence et de leur éclat :
c'est par elle, sans doute, que notre siècle et notre
nation[2] l'emporteront sur tous les temps et sur tous
les peuples. Un ton philosophe sans pédanterie, des
manières naturelles et pourtant prévenantes, égale-

---

* Les princes voient toujours avec plaisir le goût des arts agréables et des superfluités, dont l'exportation de l'argent ne résulte
pas, s'étendre parmi leurs sujets. Car outre qu'ils les nourrissent
ainsi dans cette petitesse d'âme si propre à la servitude, ils savent
très bien que tous les besoins que le peuple se donne sont autant
de chaînes dont il se charge. Alexandre, voulant maintenir les
Ichtyophages[3] dans sa dépendance, les contraignit de renoncer à
la pêche et de se nourrir des aliments communs aux autres peuples ;
et les sauvages de l'Amérique, qui vont tout nus et qui ne vivent
que du produit de leur chasse, n'ont jamais pu être domptés. En
effet, quel joug imposerait-on à des hommes qui n'ont besoin de
rien ? [Les notes signalées par des astérisques correspondent aux
notes rédigées par Jean-Jacques Rousseau.]

---

1. Premier des trois corps collectifs *apostrophés* (figure de rhétorique prédominante).　　**2.** Le « Citoyen de Genève » change
de rôle et appartient à la nation à laquelle il s'adresse.　　**3.** Man-
geurs de poissons.

ment éloignées de la rusticité tudesque[1] et de la pantomime ultramontaine[2] : voilà les fruits du goût acquis par de bonnes études et perfectionné dans le commerce du monde.

Qu'il serait doux de vivre parmi nous, si la contenance extérieure était toujours l'image des dispositions du cœur ; si la décence était la vertu ; si nos maximes nous servaient de règles ; si la véritable philosophie était inséparable du titre de philosophe ! Mais tant de qualités vont trop rarement ensemble, et la vertu ne marche guère en si grande pompe. La richesse de la parure peut annoncer un homme de goût ; l'homme sain et robuste se reconnaît à d'autres marques : c'est sous l'habit rustique d'un laboureur, et non sous la dorure d'un courtisan, qu'on trouvera la force et la vigueur du corps. La parure n'est pas moins étrangère à la vertu qui est la force et la vigueur de l'âme. L'homme de bien est un athlète qui se plaît à combattre nu : il méprise tous ces vils ornements qui gêneraient l'usage de ses forces, et dont la plupart n'ont été inventés que pour cacher quelque difformité[3].

Avant que l'art eût façonné nos manières et appris à nos passions à parler un langage apprêté, nos mœurs étaient rustiques, mais naturelles ; et la différence des procédés annonçait au premier coup d'œil celle des

---

1. Allemande. La réhabilitation de la « rusticité » (face à la politesse) sera récurrente. **2.** Italienne. **3.** La vertu est étroitement associée à l'idée de vaillance et de vigueur. La figure du citoyen-soldat prêt à combattre pour sa patrie est vénérée. Sensible aux objections de Bordes, Rousseau se distanciera des valeurs bellicistes naïves (*Dernière réponse à Bordes*).

caractères. La nature humaine, au fond, n'était pas meilleure ; mais les hommes trouvaient leur sécurité dans la facilité de se pénétrer réciproquement, et cet avantage, dont nous ne sentons plus le prix, leur épargnait bien des vices.

Aujourd'hui que des recherches plus subtiles et un goût plus fin ont réduit l'art de plaire en principes[1], il règne dans nos mœurs une vile et trompeuse uniformité, et tous les esprits semblent avoir été jetés dans un même moule[2] : sans cesse la politesse exige, la bienséance ordonne ; sans cesse on suit des usages, jamais son propre génie. On n'ose plus paraître ce qu'on est ; et dans cette contrainte perpétuelle, les hommes qui forment ce troupeau qu'on appelle société, placés dans les mêmes circonstances, feront tous les mêmes choses si des motifs plus puissants ne les en détournent. On ne saura donc jamais bien à qui l'on a affaire : il faudra donc, pour connaître son ami, attendre les grandes occasions, c'est-à-dire attendre qu'il n'en soit plus temps, puisque c'est pour ces occasions mêmes qu'il eût été essentiel de le connaître.

Quel cortège de vices n'accompagnera point cette incertitude ? Plus d'amitiés sincères ; plus d'estime réelle ; plus de confiance fondée. Les soupçons, les ombrages, les craintes, la froideur, la réserve, la

---

1. Allusion aux traités de bienséance, tels les *Essais sur la nécessité et les moyens de plaire* de Moncrif (1738). **2.** Voir Montaigne, *Essais*, I, 26 (« L'âme [...] doit *former à son moule* le port extérieur ») et II, 12 (« Les âmes des empereurs et des savetiers sont jetées *au même moule* »). Nos citations des *Essais* de Montaigne, signalées par la mention Montaigne, suivie du livre et du chapitre, renvoient à l'éd. P. Villey, PUF.

haine, la trahison se cacheront sans cesse sous ce
voile uniforme et perfide de politesse, sous cette
urbanité si vantée que nous devons aux lumières de
notre siècle. On ne profanera plus par des jurements
le nom du maître de l'univers, mais on l'insultera par
des blasphèmes, sans que nos oreilles scrupuleuses
en soient offensées. On ne vantera pas son propre
mérite, mais on rabaissera celui d'autrui. On n'outra-
gera point grossièrement son ennemi, mais on le
calomniera avec adresse. Les haines nationales
s'éteindront, mais ce sera avec l'amour de la patrie[1].
À l'ignorance méprisée, on substituera un dangereux
pyrrhonisme. Il y aura des excès proscrits, des vices
déshonorés, mais d'autres seront décorés du nom de
vertus ; il faudra ou les avoir ou les affecter. Vantera
qui voudra la sobriété des sages du temps, je n'y
vois, pour moi, qu'un raffinement d'intempérance
autant indigne de mon éloge que leur artificieuse
simplicité*.

Telle est la pureté que nos mœurs ont acquise.

---

* « J'aime, dit Montaigne[2], à contester et discourir, mais c'est
avec peu d'hommes et pour moi. Car de servir de spectacle aux
Grands et faire à l'envi parade de son esprit et de son caquet, je
trouve que c'est un métier très messéant à un homme d'honneur. »
C'est celui de tous nos beaux esprits, hors un[3].

---

1. L'« amour de la patrie », valeur de la Rome archaïque et de
Sparte, séduit Rousseau qui fait une application à la République
de Genève. Voir notes 3, p. 56 et 4, p. 69.   2. *Essais,* III, 8 ;
l'examen de la conversation de l'honnête homme s'achève par un
jugement sur Tacite, à qui le *Discours* emprunte le portrait des Germains. Relevons l'emploi péjoratif de « spectacle » (voir notes 1,
p. 27 et 1, p. 33).   3. La formulation énigmatique agace.
Diderot ?

C'est ainsi que nous sommes devenus gens de bien. C'est aux lettres, aux sciences et aux arts à revendiquer ce qui leur appartient dans un si salutaire ouvrage. J'ajouterai seulement une réflexion ; c'est qu'un habitant de quelque contrée éloignée qui chercherait à se former une idée des mœurs européennes sur l'état des sciences parmi nous, sur la perfection de nos arts, sur la bienséance de nos spectacles[1], sur la politesse de nos manières, sur l'affabilité de nos discours, sur nos démonstrations perpétuelles de bienveillance, et sur ce concours tumultueux d'hommes de tout âge et de tout état qui semblent empressés depuis le lever de l'aurore jusqu'au coucher du soleil à s'obliger réciproquement ; c'est que cet étranger, dis-je, devinerait exactement de nos mœurs le contraire de ce qu'elles sont[2].

Où il n'y a nul effet, il n'y a point de cause à chercher : mais ici l'effet est certain, la dépravation réelle, et nos âmes se sont corrompues à mesure que nos sciences et nos arts se sont avancés à la perfection[3]. Dira-t-on que c'est un malheur particulier à notre âge ? Non, messieurs ; les maux causés par notre vaine curiosité sont aussi vieux que le monde. L'élévation et l'abaissement journalier des eaux de l'océan n'ont été plus régulièrement assujettis au

---

1. Les « spectacles », représentations artificieuses pervertissant les mœurs, seront neuf ans plus tard condamnés dans la *Lettre à d'Alembert*. Rousseau « artiste » a fait représenter des *Muses galantes* (1745) et il a dans ses cartons un *Narcisse*.   **2.** Allusion au procédé littéraire en vogue consistant à immerger un indigène primitif, « naturel », dans notre société (incapable de recul sur elle-même) et de représenter ses motifs d'étonnement. **3.** Formulation claire de la thèse centrale.

cours de l'astre qui nous éclaire durant la nuit[1] que le sort des mœurs et de la probité au progrès des sciences et des arts. On a vu la vertu s'enfuir à mesure que leur lumière s'élevait sur notre horizon, et le même phénomène s'est observé dans tous les temps et dans tous les lieux.

Voyez[2] l'Égypte, cette première école de l'univers, ce climat si fertile sous un ciel d'airain, cette contrée célèbre, d'où Sésostris[3] partit autrefois pour conquérir le monde. Elle devient la mère de la philosophie et des beaux-arts, et bientôt après, la conquête de Cambise[4], puis celle des Grecs, des Romains, des Arabes, et enfin des Turcs[5].

Voyez la Grèce, jadis peuplée de héros qui vainquirent deux fois l'Asie, l'une devant Troie et l'autre dans leurs propres foyers. Les lettres naissantes n'avaient point porté encore la corruption dans les cœurs de ses habitants ; mais le progrès des arts, la dissolution des mœurs et le joug du Macédonien[6] se suivirent de près ; et la Grèce, toujours savante, toujours voluptueuse, et

---

1. Allusion à demi-mot aux mathématiciens suisses habitués à rafler tous les prix aux concours de l'Académie royale des sciences de Paris (1738, sur les marées, Bernoulli et Euler ; 1743-1745, sur la mesure en mer, Bernoulli ; 1747, sur les courants marins, Bernoulli ; 1749, sur l'inégalité des mouvements planétaires, Euler). Le Genevois se distingue des génies en remportant, par une démonstration de la nocivité des sciences, le Prix de morale d'une petite Académie de province ! Voir notes 3, p. 55 et 3, p. 59.   2. Ce quatrième impératif « met sous les yeux », introduit une hypotypose. 3. Roi d'Égypte légendaire, avide de conquêtes.   4. Roi de Perse du VIᵉ siècle av. J.-C.   5. Argument spécieux. Les lettres ne jouèrent aucun rôle dans la défaite des Égyptiens face aux Turcs en 1517.   6. 338 av. J.-C. (défaite décisive des Grecs).

toujours esclave, n'éprouva plus dans ses révolutions que des changements de maîtres. Toute l'éloquence de Démosthène ne put jamais ranimer un corps que le luxe et les arts avaient énervé[1].

C'est au temps des Ennius et de Térence que Rome, fondée par un pâtre, et illustrée par des laboureurs[2], commence à dégénérer. Mais après les Ovide, les Catulle, les Martial, et cette foule d'auteurs obscènes[3], dont les noms seuls alarment la pudeur, Rome, jadis le temple de la vertu[4], devient le théâtre du crime, l'opprobre des nations et le jouet des barbares. Cette capitale du monde tombe enfin sous le joug qu'elle avait imposé à tant de peuples, et le jour de sa chute fut la veille de celui où l'on donna à l'un de ses citoyens le titre d'arbitre du bon goût[5].

Que dirai-je de cette métropole de l'Empire d'Orient, qui par sa position semblait devoir l'être du monde entier, de cet asile des sciences et des arts proscrits du reste de l'Europe, plus peut-être par sagesse que par barbarie. Tout ce que la débauche et la corruption ont de plus honteux; les trahisons, les assas-

---

1. Démosthène, orateur grec (IVe siècle av. J.-C.), affronta par le discours le conquérant macédonien Philippe. **2.** Ennius, auteur au style rugueux (IIIe-IIe siècle av. J.-C.); Térence (IIe siècle av. J.-C.), auteur de comédies; Remus et Romulus furent d'abord bergers; les héros de la Rome primitive retournent aux travaux des champs en temps de paix: Cincinnatus, Regulus, surtout Caton le Censeur dont il sera question plus bas (Plutarque, *Vie de Caton*). **3.** Catulle est associé à ses poèmes érotiques, Martial à ses épigrammes obscènes. Une ambivalence s'attache à la figure d'Ovide, auteur de *L'Art d'aimer*, mais objet d'une identification (fidélité à l'épigraphe du *Discours*). **4.** Rousseau stylise, adhérant au mythe de la Rome *vertueuse* des temps archaïques. **5.** Pétrone.

sinats et les poisons de plus noir ; le concours de tous
les crimes de plus atroce ; voilà ce qui forme le tissu
de l'histoire de Constantinople[1] ; voilà la source pure
d'où nous sont émanées les lumières dont notre siècle
se glorifie.

Mais pourquoi chercher dans des temps reculés des
preuves d'une vérité dont nous avons sous nos yeux
des témoignages subsistants ? Il est en Asie une contrée
immense où les lettres honorées conduisent aux premières dignités de l'État. Si les sciences épuraient les
mœurs[2], si elles apprenaient aux hommes à verser
leur sang pour la patrie, si elles animaient le courage,
les peuples de la Chine devraient être sages, libres et
invincibles[3]. Mais s'il n'y a point de vice qui ne les
domine, point de crime qui ne leur soit familier ; si
les lumières des ministres, ni la prétendue sagesse
des lois, ni la multitude des habitants de ce vaste
empire n'ont pu le garantir du joug du Tartare ignorant et grossier, de quoi lui ont servi tous ses
savants ? Quel fruit a-t-il retiré des honneurs dont ils
sont comblés ? Serait-ce d'être peuplé d'esclaves et
de méchants ?

Opposons à ces tableaux celui des mœurs du petit
nombre des peuples qui, préservés de cette contagion
des vaines connaissances, ont par leurs vertus fait leur
propre bonheur et l'exemple des autres nations. Tels

---

1. Rousseau s'informe sur Byzance et Constantinople chez Bos-
suet et Rollin, auteurs d'*Histoires universelles*.   **2.** Le réquisitoire engagé, Rousseau rappelle la Question de Dijon à titre
absurde ; sa démonstration a pour boussole sûre « que les sciences
corrompent les mœurs ».   **3.** Voir la somme du jésuite Du
Halde, *Description [...] de l'empire de la Chine* (La Haye, 1736).

furent les premiers Perses, nation singulière chez laquelle on apprenait la vertu comme chez nous on apprend la science[1] ; qui subjugua l'Asie avec tant de facilité, et qui seule a eu cette gloire que l'histoire de ses institutions ait passé pour un roman de philosophie. Tels furent les Scythes, dont on nous a laissé de si magnifiques éloges. Tels les Germains, dont une plume, lasse de tracer les crimes et les noirceurs d'un peuple instruit, opulent et voluptueux, se soulageait à peindre la simplicité, l'innocence et les vertus[2]. Telle avait été Rome même dans les temps de sa pauvreté et de son ignorance. Telle enfin s'est montrée jusqu'à nos jours cette nation rustique si vantée pour son

---

1. Formule reprise à Montaigne (*Essais*, I, 25, « Du pédantisme »). Sur l'éducation des Perses orientée vers la vertu, Montaigne cite ailleurs Platon.   **2.** Pour la revalorisation des « Scythes » rugueux et ignorants, la source peut être les *Essais* de Montaigne (I, 25). Dans *Sur les mœurs des Germains* que leur consacre Tacite, les Germains « primitifs » valent moins pour eux-mêmes que comme antonymes des Romains civilisés. Leur description procède de tournures négatives précisant « ce que – de façon heureuse – on ne trouve pas chez eux » (l'indifférence à l'or). Rousseau l'a compris : les Germains proposaient aux lecteurs raffinés de Tacite une leçon de morale en présentant une image de leurs propres ancêtres vertueux. Justin a procédé sur le même modèle à propos des « Scythes », ainsi que Rousseau l'apprenait chez Rollin : « Les Scythes, selon Justin, vivaient dans une grande innocence et une grande simplicité. Tous les arts leur étaient inconnus, mais ils ne connaissaient point non plus les vices. [...] La justice y était observée. [...] Ils ne désirent point l'or. [...] Heureuse ignorance ! grossièreté infiniment préférable à notre prétendue politesse ! [...] C'est une chose bien surprenante [...] que les mœurs d'une nation barbare soient préférables à celles de ces peuples cultivés et polis par les arts et par les sciences : tant l'ignorance du vice a de plus heureux effets dans les uns, que dans les autres la connaissance de la vertu ! » (Rollin, *Histoire ancienne*).

courage que l'adversité n'a pu abattre, et pour sa
fidélité que l'exemple n'a pu corrompre*[1].

Ce n'est point par stupidité que ceux-ci ont préféré
d'autres exercices à ceux de l'esprit. Ils n'ignoraient
pas que dans d'autres contrées des hommes oisifs pas-
saient leur vie à disputer sur le souverain bien, sur le
vice et sur la vertu, et que d'orgueilleux raisonneurs,
se donnant à eux-mêmes les plus grands éloges,
confondaient les autres peuples sous le nom méprisant
de barbares ; mais ils ont considéré leurs mœurs et
appris à dédaigner leur doctrine**.

---

* Je n'ose parler de ces nations heureuses qui ne connaissent
pas même de nom les vices que nous avons tant de peine à réprimer,
de ces sauvages de l'Amérique dont Montaigne ne balance point
à préférer la simple et naturelle police, non seulement aux lois de
Platon, mais même à tout ce que la philosophie pourra jamais
imaginer de plus parfait pour le gouvernement des peuples. Il en
cite quantité d'exemples frappants pour qui les saurait admirer.
Mais quoi ! dit-il, ils ne portent point de chausses[2] !   ** De
bonne foi, qu'on me dise quelle opinion les Athéniens mêmes
devaient avoir de l'éloquence, quand ils l'écartèrent avec tant de
soin de ce tribunal intègre des jugements duquel les dieux mêmes
n'appelaient pas ? Que pensaient les Romains de la médecine,
quand ils la bannirent de leur République[3] ? Et quand un reste
d'humanité porta les Espagnols à interdire à leurs gens de loi

---

1. La valeur positive de la campagne (*rus*) est redevable à Virgile
et Horace. La périphrase énigmatique désigne la Suisse. Les der-
niers éléments pourraient s'appliquer aussi au sort admiré de
Genève (maintien endurant de l'austérité en dépit du voisinage
français « corrupteur »).   **2.** Introduction du « sauvage » considéré sous un faux jour par l'Européen. On reconnaît la formule de
Montaigne concluant l'Essai 31 du livre Ier (son sauvage idéalisé
rappelle le *Germain* de Tacite). L'essai exalte la nature, par oppo-
sition aux arrogantes prérogatives de la raison, de l'égocentrisme
culturel et des conventions policées.   **3.** Montaigne, II, 37 :

Oublierais-je que ce fut dans le sein même de la
Grèce qu'on vit s'élever cette cité aussi célèbre par son
heureuse ignorance que par la sagesse de ses lois, cette
République de demi-dieux plutôt que d'hommes? tant
leurs vertus semblaient supérieures à l'humanité. Ô
Sparte! opprobre éternel d'une vaine doctrine! Tandis
que les vices conduits par les beaux-arts s'introdui-
saient ensemble dans Athènes, tandis qu'un tyran y
rassemblait avec tant de soin les ouvrages du prince
des poètes[1], tu chassais de tes murs les arts et les
artistes, les sciences et les savants[2].

---

l'entrée de l'Amérique[3], quelle idée fallait-il qu'ils eussent de la
jurisprudence? Ne dirait-on pas qu'ils ont cru réparer par ce seul
acte tous les maux qu'ils avaient faits à ces malheureux Indiens?

« Après avoir essayé [la médecine], [les Romains] la chassèrent de
leur ville par l'entremise de Caton le Censeur, qui montra combien
aisément il s'en pouvait passer, ayant vécu quatre-vingt-cinq ans. »
Montaigne fait un éloge de la soumission à l'ordre de la nature.
   1. Une tradition veut que Pisistrate ait restitué, au VIe siècle
av. J.-C., des récits compréhensibles à partir de poèmes disparates
d'Homère.   **2.** Sur Sparte enseignant la vertu par l'exemple
d'hommes de bien, et hostile aux arts et aux sciences, voir Plutarque, *Vie de Lycurgue*. Sur l'apologie de Lycurgue et le mythe
de Sparte, voir les *Essais* de Montaigne, I, 25 (le passage est cité
par Rousseau en note p. 68) et II, 12 : « Comme la vie se rend par
simplicité plus plaisante, elle s'en rend aussi plus innocente et
meilleure [...]. Les simples, dit saint Paul, et les ignorants s'élèvent et saisissent du ciel. [...] L'exemple de ce grand Lycurgue
[...] et la révérence de cette divine police lacédémonienne si
grande, si florissante [...], sans aucun [enseignement] ni exercice
de lettres » (éd. citée, tome I, p. 497).   **3.** Voir les *Essais* (III,
13), où Montaigne se méfie des constructions intellectuelles et des
pièges de la raison.

L'événement marqua cette différence. Athènes
devint le séjour de la politesse et du bon goût, le pays
des orateurs et des philosophes. L'élégance des bâti-
ments y répondait à celle du langage. On y voyait de
toutes parts le marbre et la toile animés par les mains
des maîtres les plus habiles. C'est d'Athènes que sont
sortis ces ouvrages surprenants qui serviront de modèles dans tous les âges corrompus. Le tableau de Lacédémone[1] est moins brillant. *Là*, disaient les autres peuples, *les hommes naissent vertueux, et l'air même du
pays semble inspirer la vertu.* Il ne nous reste de ses
habitants que la mémoire de leurs actions héroïques.
De tels monuments vaudraient-ils moins pour nous que
les marbres curieux qu'Athènes nous a laissés[2] ?

Quelques sages, il est vrai, ont résisté au torrent
général et se sont garantis du vice dans le séjour des
Muses. Mais qu'on écoute le jugement que le premier
et le plus malheureux d'entre eux[3] portait des savants
et des artistes de son temps.

« J'ai examiné, dit-il, les poètes, et je les regarde
comme des gens dont le talent en impose à eux-mêmes
et aux autres, qui se donnent pour sages, qu'on prend
pour tels et qui ne sont rien moins.

« Des poètes, continue Socrate, j'ai passé aux artistes. Personne n'ignorait plus les arts que moi ; personne

---

1. Sparte.   **2.** Voir note 2, p. 78. Dans l'Essai III, 10, Montaigne oppose les « actions rares et exemplaires » auxquelles les
hommes sensés attachent la renommée, aux « petites actions » que
célèbre indûment « le marbre » (p. 1022).   **3.** La périphrase
hyperbolique désigne le philosophe grec Socrate (Vᵉ siècle
av. J.-C.) ; voir un analogue moderne à la fin de la deuxième note
de Rousseau (Diderot, « accoucheur » à bien des égards du *Premier
Discours*). Le texte offre une « prosopopée », tirade solennelle attri-
buée à un personnage historique.

n'était plus convaincu que les artistes possédaient de fort beaux secrets. Cependant, je me suis aperçu que leur condition n'est pas meilleure que celle des poètes et qu'ils sont, les uns et les autres, dans le même préjugé. Parce que les plus habiles d'entre eux excellent dans leur partie, ils se regardent comme les plus sages des hommes. Cette présomption a terni tout à fait leur savoir à mes yeux. De sorte que me mettant à la place de l'oracle et me demandant ce que j'aimerais le mieux être, ce que je suis ou ce qu'ils sont, savoir ce qu'ils ont appris ou savoir que je ne sais rien ; j'ai répondu à moi-même et au dieu : Je veux rester ce que je suis.

« Nous ne savons, ni les sophistes, ni les poètes, ni les orateurs, ni les artistes, ni moi, ce que c'est que le vrai, le bon et le beau. Mais il y a entre nous cette différence, que, quoique ces gens ne sachent rien, tous croient savoir quelque chose. Au lieu que moi, si je ne sais rien, au moins je ne suis pas en doute. De sorte que toute cette supériorité de sagesse qui m'est accordée par l'oracle se réduit seulement à être bien convaincu que j'ignore ce que je ne sais pas[1]. »

----

1. Adaptation de l'exposé sur l'in-science que prononce Socrate (Platon, *Apologie*). La parole neuve de Rousseau qui dénonce le caractère corrompu et corrupteur de l'éloquence ne rompt donc pas avec les paroles anciennes dans lesquelles elle puise sa robustesse. Rousseau se sert des autorités pour exalter des temps comme suspendus en amont de l'éloquence et des archives. La tradition littéraire (pourvoyeuse de leçons) lui est indispensable. Voir Montaigne, II, 12 : « Socrate se résolut qu'il n'était distingué des autres et n'était sage que parce qu'il ne s'en tenait pas, et que son dieu estimait bêtise singulière à l'homme l'opinion de science et de sagesse ; et que sa meilleure doctrine était la doctrine de l'ignorance, et, sa meilleure sagesse, la simplicité. »

Arrivée de J.-J. Rousseau aux Champs-Elysées, dessin de Moreau
Jean-Jacques parmi les philosophes ; Diogène, qui avait jusqu'alors

le jeune, gravé par Macret, 1782. Socrate et Montaigne accueillent
cherché un homme en vain, éteint enfin sa lanterne.

Voilà donc le plus sage des hommes au jugement des dieux, et le plus savant des Athéniens au sentiment de la Grèce entière[1], Socrate, faisant l'éloge de l'ignorance[2] ! Croit-on que s'il ressuscitait parmi nous, nos savants et nos artistes lui feraient changer d'avis ? Non, messieurs, cet homme juste continuerait de mépriser nos vaines sciences ; il n'aiderait point à grossir cette foule de livres dont on nous inonde de toutes parts, et ne laisserait, comme il a fait, pour tout précepte à ses disciples et à nos neveux, que l'exemple et la mémoire de sa vertu. C'est ainsi qu'il est beau d'instruire les hommes !

Socrate avait commencé dans Athènes[3] ; le vieux Caton continua dans Rome de se déchaîner contre ces Grecs artificieux et subtils qui séduisaient la vertu et amollissaient le courage de ses concitoyens[4]. Mais les sciences, les arts et la dialectique prévalurent encore :

---

1. Diogène Laërce, *Vie et doctrine de Socrate*, et Montaigne, II, 12 : « Le plus sage homme qui fut oncques, quand on lui demanda ce qu'il savait, répondit "qu'il savait cela, *qu'il ne savait rien*". Il vérifiait ce qu'on dit, que la plus grande part de ce que nous savons, est la moindre de celles que nous ignorons ; c'est-à-dire que cela même que nous pensons savoir, c'est une pièce, et bien petite, de notre ignorance. »   **2.** Socrate ne louait pas l'ignorance mais le savoir bien compris : « Il louait le loisir comme la plus belle des possessions [...]. Il disait aussi *qu'il n'y a qu'un seul bien, la science, et un seul mal, l'ignorance* » (Diogène Laërce, *Vie et doctrine de Socrate*). Voir Rousseau sur la défensive sur ce point dans sa *Réponse au roi Stanislas*.   **3.** Socrate est considéré comme un ennemi utile des sophistes qu'il réfute (Platon, *Apologie*). Une riche tradition fait de lui au contraire le prince des sophistes. La même ambivalence caractérisera l'auteur du *Discours* dans l'opinion de ses lecteurs.   **4.** Le *Discours* reprend le vis-à-vis traditionnel des vertus de l'Athénien et du Romain. De façon excep-

Rome se remplit de philosophes et d'orateurs ; on négligea la discipline militaire, on méprisa l'agriculture, on embrassa des sectes et l'on oublia la patrie. Aux noms sacrés de liberté, de désintéressement, d'obéissance aux lois, succédèrent les noms d'Épicure, de Zénon, d'Arcésilas[1]. *Depuis que les savants ont commencé à paraître parmi nous,* disaient leurs propres philosophes, *les gens de bien se sont éclipsés*[2]. Jusqu'alors les Romains s'étaient contentés de pratiquer la vertu ; tout fut perdu quand ils commencèrent à l'étudier.

Ô Fabricius[3] ! qu'eût pensé votre grande âme, si pour votre malheur rappelé à la vie, vous eussiez vu la face

---

tionnelle Socrate reçoit pour pendant Caton le Censeur, l'un de ces « laboureurs » rugueux des temps heureux primitifs évoqués plus haut, hostile aux études de grec (Plutarque, *Vie de Caton le Censeur*). À la fin de sa lettre 95 « contre les sciences et les arts », d'importance capitale pour le *Discours* de Rousseau (« La vertu simple et sans mystère s'est changée en une science ténébreuse et sophistique : on nous enseigne à disputer, non à vivre »), Sénèque louait l'autre Caton. Il assied une hagiographie stoïcienne que reprend Rousseau. En ne retenant qu'une action par personnage, il identifie le type du Vieux Romain au sage vertueux et frugal des temps primordiaux.
   1. Trois philosophes athéniens contemporains fondateurs d'écoles (IVᵉ-IIIᵉ siècle av. J.-C.) : Épicure, école du Jardin, opposée à la sévérité stoïcienne ; Zénon de Cition, école du Portique (stoïcisme) ; Arcésilas, Nouvelle Académie, hostile au dogmatisme stoïcien.   **2.** Épître 95 à Lucilius. Lecteur direct de Sénèque, Rousseau pouvait aussi retrouver la citation chez Montaigne (I, 25). Il s'agit d'un emprunt de plus à cet essai certes bref, mais d'intérêt capital car consacré à l'attitude à l'égard de la science et du pédantisme. D'autres candidats au concours dijonnais avaient relu la lettre 95 de Sénèque. Grosley, classé second, avait concouru sous la bannière de cette phrase sénéquienne.   **3.** Cette cinquième apostrophe rhétorique est la première qui prenne à partie un indi-

pompeuse de cette Rome sauvée par votre bras et que
votre nom respectable avait plus illustrée que toutes
ses conquêtes ? « Dieux[1] ! eussiez-vous dit, que sont
devenus ces toits de chaume et ces foyers rustiques
qu'habitaient jadis la modération et la vertu ? Quelle
splendeur funeste a succédé à la simplicité romaine ?
Quel est ce langage étranger ? Quelles sont ces mœurs
efféminées ? Que signifient ces statues, ces tableaux,
ces édifices ? Insensés[2], qu'avez-vous fait ? Vous les
maîtres des nations, vous vous êtes rendus les esclaves
des hommes frivoles que vous avez vaincus ? Ce sont
des rhéteurs[3] qui vous gouvernent ? C'est pour enrichir
des architectes, des peintres, des statuaires, et des his-
trions, que vous avez arrosé de votre sang la Grèce et
l'Asie ? Les dépouilles de Carthage sont la proie d'un
joueur de flûte[4] ? Romains, hâtez-vous de renverser
ces amphithéâtres ; brisez ces marbres ; brûlez ces
tableaux ; chassez ces esclaves qui vous subjuguent, et
dont les funestes arts vous corrompent. Que d'autres

---

vidu. Fabricius est le négociateur que les Romains envoyèrent à
Pyrrhus après leur défaite à Héraclée (280 av. J.-C.). Sur sa droiture
et son mépris des richesses, voir Plutarque, *Vie de Pyrrhus*. Dans
La Providence de Sénèque, il devient un modèle de grandeur d'âme
(à côté de Caton et du « laboureur » Regulus). Austère, il est moins
l'ennemi des arts et des sciences que de la gastronomie (III, 6).
On trouvera des prises de position similaires dans les *Confessions*,
concernant l'ascèse diététique de Rousseau.
   1. L'interjection introduit le registre – jusqu'alors tenu à
l'écart – de la religion.   **2.** L'apostrophe, dans la tirade, redou-
ble « en abîme » celle qui relève du niveau du *Discours* de Rousseau.   **3.** La dénonciation constitue dans la bouche de Fabricius
un paradoxe piquant. On ne saurait imaginer meilleur exercice
rhétorique que sa tirade.   **4.** Néron, empereur indigne (Iᵉʳ siècle),
réclamait l'admiration pour ses prestations de flûtiste.

mains s'illustrent par de vains talents ; le seul talent
digne de Rome est celui de conquérir le monde et d'y
faire régner la vertu[1]. Quand Cinéas prit notre Sénat
pour une assemblée de rois[2], il ne fut ébloui ni par une
pompe vaine, ni par une élégance recherchée. Il n'y
entendit point cette éloquence frivole, l'étude et le
charme des hommes futiles. Que vit donc Cinéas de si
majestueux ? Ô citoyens ! Il vit un spectacle que ne
donneront jamais vos richesses ni tous vos arts ; le plus
beau spectacle qui ait jamais paru sous le ciel, l'assemblée de deux cents hommes vertueux, dignes de com-
mander à Rome et de gouverner la terre. »

Mais franchissons la distance des lieux et des temps,
et voyons ce qui s'est passé dans nos contrées et sous
nos yeux ; ou plutôt, écartons des peintures odieuses
qui blesseraient notre délicatesse, et épargnons-nous la
peine de répéter les mêmes choses sous d'autres noms.
Ce n'est point en vain que j'évoquais les mânes de
Fabricius ; et qu'ai-je fait dire à ce grand homme, que
je n'eusse pu mettre dans la bouche de Louis XII ou

---

1. Rappel de la prophétie d'Anchise à Énée : « D'autres seront
plus habiles à donner à l'airain le souffle de la vie [...]. À toi,
Romain, qu'il te souvienne d'imposer aux peuples ton emprise. Tes
arts à toi sont [...] d'épargner les vaincus, de dompter les superbes »
(*Énéide*, VI). L'hommage à Virgile et à l'épopée met en relief les
reproches adressés plus loin au « Virgile gaulois », auteur de *La
Henriade*, dans la deuxième partie.   **2.** La *Vie de Pyrrhus* est à
nouveau sollicitée (l'épisode suit l'évocation de Fabricius). Cinéas,
orateur grec, se rend au Sénat romain pour négocier la paix pour
Pyrrhus vainqueur (280 av. J.-C.). Cet étranger témoigne de la
capacité louable de s'« éblouir » devant un objet effectivement
digne d'admiration. Sous-entendu : un Parisien se présentant
aujourd'hui devant le Conseil des Deux-Cents à Genève n'aurait
même plus les organes requis pour éprouver une telle admiration.

de Henri IV[1] ? Parmi nous, il est vrai, Socrate n'eût point bu la ciguë ; mais il eût bu, dans une coupe encore plus amère, la raillerie insultante, et le mépris[2] pire cent fois que la mort.

Voilà comment le luxe, la dissolution et l'esclavage ont été de tout temps le châtiment des efforts orgueilleux que nous avons faits pour sortir de l'heureuse ignorance où la sagesse éternelle nous avait placés[3]. Le voile épais dont elle a couvert toutes ses opérations[4] semblait nous avertir assez qu'elle ne nous a point destinés à de vaines

---

1. Le Genevois invectivant les errements des Français postule une concordance des différentes strates historiques, riches en enseignements. En dénonçant la Rome impériale, Rousseau dénonce le Paris de 1750. L'alternative envisagée de deux rois de France modernes traduit de la part de ce républicain une concession aux monarchistes : analogues surprenants de Fabricius, les « bons rois » des temps révolus Louis XII (1462-1515, « père du peuple ») et Henri IV (1553-1610, le plus populaire ; voir note 2, p. 24) sont d'évidents contre-modèles des Louis XIV et Louis XV à qui ils auraient adressé des reproches.   **2.** Diderot-Socrate (le Tout-Paris le voit comme ça) est bel et bien incarcéré à Vincennes. Rousseau envisage de façon prophétique le sort superlatif du véritable « Socrate moderne » à venir (lui-même), dont la persécution supérieure consistera précisément à *ne pas* être enfermé en bonne et due forme et à subir le traitement pire du dédain et des sarcasmes. **3.** Rousseau prend le contre-pied radical du jugement de Voltaire sur les effets bénéfiques du luxe (*Le Mondain*, 1736). Voir Socrate : « Souvent, considérant la quantité de choses en vente, il se disait : "De combien de choses, moi, je n'ai pas l'usage !" Et il déclamait continuellement ces iambes : "Vaisselle d'argent et habits de pourpre sont utiles aux tragédiens, non à la vie." » (Diogène Laërce, *Vie et doctrine de Socrate*). Ce passage sera sollicité par Rousseau dans sa *Dernière réponse à Bordes*.   **4.** Sur le motif du voile interposé, voir Jean Starobinski, *La Transparence et l'obstacle*, chap. IV.

recherches. Mais est-il quelqu'une de ses leçons dont nous ayons su profiter, ou que nous ayons négligée impunément ? Peuples[1], sachez donc une fois que la nature a voulu vous préserver de la science, comme une mère arrache une arme dangereuse des mains de son enfant[2] ; que tous les secrets qu'elle vous cache sont autant de maux dont elle vous garantit, et que la peine que vous trouvez à vous instruire n'est pas le moindre de ses bienfaits. Les hommes sont pervers ; ils seraient pires encore, s'ils avaient eu le malheur de naître savants.

Que ces réflexions sont humiliantes pour l'humanité ! que notre orgueil en doit être mortifié ! Quoi ! la probité serait fille de l'ignorance[3] ? La science et la vertu seraient incompatibles ? Quelles conséquences ne tirerait-on point de ces préjugés ? Mais pour concilier ces contrariétés apparentes, il ne faut qu'examiner de près la vanité et le néant de ces titres orgueilleux qui nous éblouissent[4], et que nous donnons si gratuitement aux connaissances

---

1. Ce sixième « apostrophé » rappelle, dans une version universelle, l'adresse de Fabricius à ses compatriotes.   **2.** Emprunt à Montaigne, I, 25 : « C'est un dangereux glaive, et qui empêche et [embarrasse] son maître, s'il est en main faible et qui n'en sache l'usage [*de sorte qu'il aurait mieux valu n'avoir pas appris*]. » **3.** Imaginaire de filiations : à l'image de la nature-mère gardant ses enfants désarmés, succède la personnification de la fille-probité. Voir Agrippa d'Aubigné : « On dit qu'il faut couler les exécrables choses / Dans le puits de l'oubli et au sépulcre encloses, / Et que par les écrits le mal ressuscité / Infectera les mœurs de la postérité / *Mais le vice n'a point pour mère la science / Et la vertu n'est pas fille de l'ignorance* » (*Tragiques*, II).   **4.** Les contemporains sont « éblouis » par un objet, abusivement « clinquant », en soi indigne ; il s'oppose au sain « éblouissement » de l'ancien Cinéas évoqué plus haut.

humaines. Considérons donc les sciences et les arts en eux-mêmes. Voyons ce qui doit résulter de leur progrès ; et ne balançons plus à convenir de tous les points où nos raisonnements se trouveront d'accord avec les inductions historiques.

SECONDE PARTIE

C'était une ancienne tradition passée de l'Égypte en Grèce, qu'un dieu ennemi du repos[1] des hommes était l'inventeur des sciences*. Quelle opinion fallait-il donc

---

* On voit aisément l'allégorie de la fable de Prométhée ; et il ne paraît pas que les Grecs qui l'ont cloué sur le Caucase en pensassent guère plus favorablement que les Égyptiens de leur dieu Teuth. « Le satyre, dit une ancienne fable, voulut baiser et embrasser le feu, la première fois qu'il le vit ; mais Prométhée lui cria : "Satyre[2], tu pleureras la barbe de ton menton, car il brûle quand on y touche[3]." » C'est le sujet du frontispice.

---

1. Nouvelle désignation, fabuleuse, de la « source du mal » suivie de la migration calamiteuse des savoirs. Le passage du *Théétète* de Platon évoque le don de l'écriture aux hommes. Avec la périphrase de l'« ennemi du repos des hommes », Rousseau infléchit négativement les intentions du dieu.　　**2.** Démon champêtre et forestier de la mythologie grecque (il a le bas du corps d'un bouc). Le frontispice de Jean-Baptiste Pierre de l'édition princeps représente « Prométhée apportant le feu aux hommes et à un satyre ignorant ». Ce dernier allégorise l'homme grossier. Dans sa *Réponse à Lecat*, Rousseau expliquera le sujet en se moquant : Prométhée avertissant les hommes du mauvais usage possible du « feu du savoir », c'est lui-même apportant son *Discours* à ses congénères.　　**3.** Rousseau superpose les leçons partialement gauchies des fables égyptienne (malveillance du dieu offrant l'alphabet) et grecque (celui qui dérobe

qu'eussent d'elles les Égyptiens mêmes, chez qui
elles étaient nées ? C'est qu'ils voyaient de près les
sources qui les avaient produites. En effet, soit qu'on
feuillette les annales du monde, soit qu'on supplée à
des chroniques incertaines par des recherches philosophiques[1], on ne trouvera pas aux connaissances
humaines une origine qui réponde à l'idée qu'on aime
à s'en former. L'astronomie est née de la supersti-
tion ; l'éloquence, de l'ambition, de la haine, de la
flatterie, du mensonge ; la géométrie, de l'avarice ; la
physique, d'une vaine curiosité ; toutes, et la morale
même, de l'orgueil humain. Les sciences et les arts
doivent donc leur naissance à nos vices[2] : nous
serions moins en doute sur leurs avantages, s'ils la
devaient à nos vertus.

Le défaut de leur origine ne nous est que trop
retracé dans leurs objets. Que ferions-nous des arts,
sans le luxe qui les nourrit ? Sans les injustices des
hommes, à quoi servirait la jurisprudence ? Que
deviendrait l'histoire, s'il n'y avait ni tyrans, ni guerres, ni conspirateurs ? Qui voudrait en un mot passer
sa vie à de stériles contemplations, si chacun ne

---

le feu des sciences introduit une calamité). La mise en garde au satyre
devrait être complétée : « mais le feu baille lumière et chaleur, et
c'est un instrument servant à tout artifice, pourvu que l'on en sache
bien user » (Plutarque, *Œuvres morales*).
     1. Les principes synthétiques que découvre l'intuition sont plus
utiles à la réflexion que les faits contingents archivés – difficiles
à dissocier des mensonges (voir *Discours sur l'origine de l'inégalité* : « Commençons par écarter tous les faits »).   **2.** En amont
des sciences et des arts : l'oisiveté, le luxe et les vices (la vanité).
Rousseau évite de se référer au péché originel. Voir aussi *Dernière
réponse à Bordes*, *Préface* au *Narcisse*.

consultant que les devoirs de l'homme et les besoins
de la nature, n'avait de temps que pour la patrie, pour
les malheureux et pour ses amis ? Sommes-nous donc
faits pour mourir attachés sur les bords du puits où la
vérité s'est retirée[1] ? Cette seule réflexion devrait
rebuter dès les premiers pas tout homme qui chercherait sérieusement à s'instruire par l'étude de la philosophie.

Que de dangers ! que de fausses routes dans l'investigation des sciences ! Par combien d'erreurs, mille fois
plus dangereuses que la vérité n'est utile, ne faut-il
point passer pour arriver à elle ? Le désavantage est
visible ; car le faux est susceptible d'une infinité de
combinaisons[2] ; mais la vérité n'a qu'une manière
d'être. Qui est-ce d'ailleurs, qui la cherche bien sincèrement ? même avec la meilleure volonté, à quelles
marques est-on sûr de la reconnaître ? Dans cette foule
de sentiments différents, quel sera notre *criterium* pour

---

1. L'image de la vérité cachée au fond du puits est traditionnelle
dans la philosophie païenne (voir Montaigne, III, 8, qui la reprend
à Démocrite). Dans le Prologue de son *Anatomie de la mélancolie*,
Burton démontrait la vacuité des livres et s'en prenait avec beaucoup de hargne aux lettrés : « Ils lardent leurs maigres livres de la
graisse de ceux des autres [...] tous sont des voleurs ignorants [...],
ils pillent les écrivains d'autrefois [...], raclent les tas de fumier
d'Ennius, *plongent dans le puits de Démocrite.* » Origène expliquera l'accès à la *vérité* des Écritures : les *puits* creusés par Abra-
ham ont été comblés de terre (lecture superficielle) par les Philistins
et heureusement nettoyés et restaurés par Isaac afin de permettre
à nouveau l'accès à l'eau vive, au sens (*Homélies sur la Genèse*,
XIII, 2). Rousseau est sensible à la sociabilité élémentaire autour
des puits (*Essai sur l'origine des langues*).   **2.** Voir Montaigne,
I, 9 : « Le mensonge a cent mille figures et un champ indéfini. »

en bien juger*[1] ? Et ce qui est le plus difficile, si par bonheur nous la trouvons à la fin, qui de nous en saura faire un bon usage ?

Si nos sciences sont vaines dans l'objet qu'elles se proposent, elles sont encore plus dangereuses par les effets qu'elles produisent[2]. Nées dans l'oisiveté, elles la nourrissent à leur tour ; et la perte irréparable du temps est le premier préjudice qu'elles causent nécessairement à la société. En politique, comme en morale, c'est un grand mal que de ne point faire de bien ; et tout citoyen inutile peut être regardé comme un homme

---

* Moins on sait, plus on croit savoir. Les péripatéticiens[3] doutaient-ils de rien ? Descartes n'a-t-il pas construit l'univers avec des cubes et des tourbillons[4] ? Et y a-t-il aujourd'hui même en Europe si mince physicien qui n'explique hardiment ce profond mystère de l'électricité[5] , qui fera peut-être à jamais le désespoir des vrais philosophes ?

---

1. Quand chaque philosophe justifie sa façon de raisonner par sa propre rhétorique (« je l'ai démontré »), quel « critère » confère un crédit sûr au discours ? Le terme était présent dans le *Discours* de Turrettini, 1737.   **2.** Triple confirmation de la nature corruptrice des sciences : origine viciée, contenus moralement consternants, conséquences néfastes.   **3.** Disciples de l'école aristotélicienne.   **4.** Est mise en cause l'explication du monde à partir de quelques phénomènes physiques simples (sous-entendant une confiance sans défaut dans l'analyse et l'extrapolation rationnelles). Le XVIIIᵉ siècle voit s'opposer les héritiers de Descartes et ses réfutateurs.   **5.** Par le *Mercure*, Rousseau connaissait la vogue de cet objet d'investigation : voir le Prix de l'Académie de Bordeaux de 1748, « S'il y a quelque rapport entre la cause des effets de l'aimant et celle des phénomènes de l'électricité ? » ; celui de l'Académie de Dijon de 1749 : « Pourquoi les corps électriques par eux-mêmes ne reçoivent pas l'électricité par communication ? », etc.

pernicieux. Répondez-moi donc, philosophes illus-
tres[1]; vous par qui nous savons en quelles raisons les
corps s'attirent dans le vide; quels sont, dans les
révolutions des planètes, les rapports des aires par-
courues en temps égaux; quelles courbes ont des
points conjugués, des points d'inflexion et de
rebroussement; comment l'homme voit tout en Dieu;
comment l'âme et le corps se correspondent sans
communication, ainsi que feraient deux horloges[2];
quels astres peuvent être habités; quels insectes se
reproduisent d'une manière extraordinaire[3]? Répondez-moi, dis-je, vous de qui nous avons reçu tant de

---

1. On notera l'étendue sémantique du « philosophe » (septième
apostrophe): ici le physicien, dont le travail prétend ne pas pâtir
de l'absence de repères moraux, devient le contradicteur supposé
de la joute oratoire fictive.   **2.** La comparaison entre le fonc-
tionnement du cosmos et celui des montres est représentative d'une
période où prévaut le paradigme « mécaniciste ». Rousseau ne par-
tage pas la vision déiste de Voltaire d'un « dieu horloger ». Leibniz
est plus précisément visé: « L'âme n'a aucun commerce avec le
corps; ce sont deux horloges que Dieu a faites, qui ont chacune
un ressort et qui vont un certain temps dans une correspondance
parfaite » (Voltaire, *Éléments de la philosophie de Newton*, 1738).
3. Réaumur, le spécialiste des insectes, avait introduit devant l'Académie le projet de Rousseau de nouvelle notation musicale. Avec
ces objets passionnant ses contemporains, Rousseau modernise le
scepticisme de Montaigne (qui réactualisait lui-même une réticence
d'Horace): « Ces gens [...] qui savent tout ["ce qui maîtrise la mer,
ce qui règle l'année, si les étoiles ont leur mouvement propre ou
obéissent dans leur course à une force étrangère, pourquoi le disque
de la lune croît et décroît, quel est le but et le résultat de cette
concorde entre tant d'éléments discordants", Horace] n'ont-ils pas
quelquefois sondé, parmi leurs livres, les difficultés qui se présen-
tent à connaître leur être propre? » (II, 12).

sublimes connaissances ; quand vous ne nous auriez
jamais rien appris de ces choses, en serions-nous
moins nombreux, moins bien gouvernés, moins
redoutables, moins florissants ou plus pervers ? Reve-
nez donc sur l'importance de vos productions ; et si
les travaux des plus éclairés de nos savants et de nos
meilleurs citoyens nous procurent si peu d'utilité,
dites-nous ce que nous devons penser de cette foule
d'écrivains obscurs et de lettrés oisifs, qui dévorent
en pure perte la substance de l'État.

Que dis-je, oisifs ? et plût à Dieu qu'ils le fussent
en effet ! Les mœurs en seraient plus saines et la
société plus paisible. Mais ces vains et futiles déclamateurs vont de tous côtés, armés de leurs funestes
paradoxes[1] ; sapant les fondements de la foi[2], et
anéantissant la vertu. Ils sourient dédaigneusement à
ces vieux mots de patrie[3] et de religion, et consacrent
leurs talents et leur philosophie à détruire et avilir
tout ce qu'il y a de sacré parmi les hommes. Non
qu'au fond ils haïssent ni la vertu[4] ni nos dogmes ;
c'est de l'opinion publique qu'ils sont ennemis ; et
pour les ramener aux pieds des autels, il suffirait de

---

1. Les physiciens, à leurs propres yeux irréfutables, régressent
au rang d'*orateurs*.   **2.** Une défense de la religion est suggérée.
Un tel registre de la piété était jusqu'alors soigneusement banni.
3. C'est la cinquième occurrence de « patrie », témoignant du souci
de rendre aux mots la force et la simplicité de leur sens primitif,
à rebours des dégradations et des sarcasmes. Voir note 1, p. 32.
4. La « vertu », l'un de ces *mots* dénigrés par les esprits forts, est
à la crête séparant Rousseau (et ses valeurs) d'un côté, et les
matérialistes, rationalistes et libertins (et leur relativisme moral) de
l'autre. Voir *Réponse à Raynal*.

les reléguer parmi les athées. Ô fureur de se distinguer[1], que ne pouvez-vous point ?

C'est un grand mal que l'abus du temps. D'autres maux pires encore suivent les lettres et les arts. Tel est le luxe, né comme eux de l'oisiveté et de la vanité des hommes. Le luxe va rarement sans les sciences et les arts, et jamais ils ne vont sans lui. Je sais que notre philosophie, toujours féconde en maximes singulières, prétend, contre l'expérience de tous les siècles, que le luxe fait la splendeur des États[2] ; mais après avoir oublié la nécessité des lois somptuaires[3], osera-t-elle nier encore que les bonnes mœurs ne soient essentielles à la durée des empires, et que le luxe ne soit diamétralement opposé aux bonnes mœurs ? Que le luxe soit un signe certain des richesses ; qu'il serve même si l'on veut à les multiplier : Que faudra-t-il conclure de ce paradoxe si digne d'être né de nos jours[4] ; et que deviendra la vertu, quand il faudra s'enrichir à quelque prix que ce soit ? Les anciens politiques parlaient sans cesse de mœurs et de vertu[5] ; les nôtres ne parlent que

---

1. Voir Montaigne, III, 9 : « L'écrivaillerie semble être quelque symptôme d'un siècle débordé » (p. 946).   **2.** L'attaque vise Voltaire (*Le Mondain*) et les « philosophes » saluant les bénéfices civilisateurs du luxe.   **3.** Les « lois somptuaires » rigoureuses et austères avaient été instaurées à Genève, cité calviniste.   **4.** La dénonciation des « paradoxes » chez ses contemporains est piquante. On sait que ses détracteurs feront de Rousseau l'« homme à paradoxes » (voir note 1, p. 26).   **5.** Les sages antiques estimaient que vertu et richesse sont incompatibles. La grandeur de Sparte et de Rome apporte le commun témoignage d'une vertu liée à la cité ennemie du luxe. Voir Diogène Laërce, *Vie et doctrine de Socrate* : « Il démontrait que *la vertu peut s'enseigner* et il identifiait les gens bien nés et les gens vertueux. [...] La vertu relève des actes, *elle n'a besoin ni de longs discours, ni de connaissances.* »

de commerce et d'argent[1]. L'un vous dira qu'un homme vaut en telle contrée la somme qu'on le vendrait à Alger[2] ; un autre en suivant ce calcul trouvera des pays où un homme ne vaut rien, et d'autres où il vaut moins que rien. Ils évaluent les hommes comme des troupeaux de bétail. Selon eux, un homme ne vaut à l'État que la consommation qu'il y fait. Ainsi un Sybarite[3] aurait bien valu trente Lacédémoniens. Qu'on devine donc laquelle de ces deux Républiques, de Sparte ou de Sybaris, fut subjuguée par une poignée de paysans, et laquelle fit trembler l'Asie.

La monarchie de Cyrus a été conquise avec trente mille hommes par un prince plus pauvre que le moindre des satrapes de Perse[4] ; et les Scythes, le plus misérable de tous les peuples, a résisté aux plus puissants monarques de l'univers[5]. Deux fameuses républiques se disputèrent l'empire du monde ; l'une était très riche, l'autre n'avait rien, et ce fut celle-ci qui

---

Des romans, *Les Mœurs des Israélites* de Fleury et *Télémaque* de Fénelon, évoquaient la simplicité et la pureté des mœurs des temps originaires (vie laborieuse, frugale et simple). On reprochera à Rousseau d'avoir pris ses exemples chez les Anciens (voir *Réponse au roi Stanislas*).   **1.** Sur l'avènement du paradigme « économique » (Melon et son apologie du luxe), voir Yves Citton, *Portrait de l'économiste en physiocrate* (L'Harmattan, 2000).   **2.** Allusion à la mise à prix des captifs chrétiens.   **3.** Habitant de Sybaris, ville grecque opulente d'Italie, fameuse pour son luxe et sa luxure, détruite en 510 av. J.-C. par de simples habitants de Crotone.   **4.** Victoire d'Alexandre et de ses Macédoniens sur le puissant roi Cyrus (334 av. J.-C.).   **5.** Sommé de préciser ses sources sur les conquêtes de l'Asie, Rousseau (*Lettre à Grimm*) désignera Justin (voir note 2, p. 37).

détruisit l'autre[1]. L'Empire romain à son tour, après avoir englouti toutes les richesses de l'univers, fut la proie de gens qui ne savaient pas même ce que c'était que richesse[2]. Les Francs conquirent les Gaules, les Saxons l'Angleterre sans autres trésors que leur bravoure et leur pauvreté. Une troupe de pauvres montagnards dont toute l'avidité se bornait à quelques peaux de moutons, après avoir dompté la fierté autrichienne, écrasa cette opulente et redoutable Maison de Bourgogne qui faisait trembler les potentats de l'Europe[3]. Enfin toute la puissance et toute la sagesse de l'héritier de Charles Quint, soutenues de tous les trésors des Indes, vinrent se briser contre une poignée de pêcheurs de hareng[4]. Que nos politiques daignent suspendre leurs calculs pour réfléchir à ces exemples, et qu'ils apprennent une fois qu'on a de tout avec de l'argent, hormis des mœurs et des citoyens.

De quoi s'agit-il donc précisément dans cette question du luxe ? De savoir lequel importe le plus aux empires d'être brillants et momentanés, ou vertueux et durables. Je dis brillant, mais de quel éclat[5] ? Le goût

---

1. La formule énigmatique renvoie à la rivalité de Carthage et Rome.   **2.** Montesquieu avait écrit en 1734 sur les causes de la décadence romaine.   **3.** La périphrase énigmatique recouvre les Suisses primitifs, incultes et batailleurs (ils ne se reconnaîtraient pas dans les Euler et Bernoulli victorieux de concours d'Académie) qui acquirent leur indépendance contre l'Autriche (1291 et 1499) et défirent Charles le Téméraire (1476).   **4.** Rousseau contraint son lecteur au décryptage : ici résistance victorieuse des Pays-Bas protestants face à l'Espagnol catholique (1559-1579, Union d'Utrecht).   **5.** Reprise des « éblouissements » tantôt édifiants, tantôt abusés et de la distinction traditionnelle entre l'« éclairant » et le « clinquant » ; voir notes 2, p. 47 et 4, p. 49.

du faste ne s'associe guère dans les mêmes âmes avec celui de l'honnête. Non, il n'est pas possible que des esprits dégradés par une multitude de soins futiles s'élèvent jamais à rien de grand ; et quand ils en auraient la force, le courage leur manquerait.

Tout artiste veut être applaudi. Les éloges de ses contemporains sont la partie la plus précieuse de sa récompense[1]. Que fera-t-il donc pour les obtenir, s'il a le malheur d'être né chez un peuple et dans des temps où les savants devenus à la mode ont mis une jeunesse frivole en état de donner le ton ; où les hommes ont sacrifié leur goût aux tyrans de leur liberté* ; où l'un des sexes n'osant approuver que ce qui est proportionné à la pusillanimité de l'autre, on laisse tomber des chefs-d'œuvre de poésie dramatique, et des prodiges d'harmonie sont rebutés ? Ce qu'il fera, mes-

---

* Je suis bien éloigné de penser que cet ascendant des femmes soit un mal en soi. C'est un présent que leur a fait la nature pour le bonheur du genre humain : mieux dirigé, il pourrait produire autant de bien qu'il fait de mal aujourd'hui. On ne sent point assez quels avantages naîtraient dans la société d'une meilleure éducation donnée à cette moitié du genre humain qui gouverne l'autre. Les hommes feront toujours ce qu'il plaira aux femmes : si vous voulez donc qu'ils deviennent grands et vertueux, apprenez aux femmes ce que c'est que grandeur d'âme et vertu. Les réflexions que ce sujet fournit, et que Platon a faites autrefois, mériteraient fort d'être mieux développées par une plume digne d'écrire d'après un tel maître et de défendre une si grande cause.

---

1. La maxime concerne la rétribution recherchée indûment auprès d'un public qui demande à voir ses vices flattés et excusés. Molière a raté *Le Misanthrope* pour ces raisons : il eut tort de rendre Alceste ridicule (*Lettre à d'Alembert*). De son côté Rousseau radicalisera son « refus de plaire ».

sieurs[1] ? Il rabaissera son génie au niveau de son siècle, et aimera mieux composer des ouvrages communs qu'on admire pendant sa vie que des merveilles qu'on n'admirerait que longtemps après sa mort. Dites-nous, célèbre Arouet[2], combien vous avez sacrifié de beautés mâles et fortes à notre fausse délicatesse, et combien l'esprit de la galanterie si fertile en petites choses vous en a coûté de grandes[3].

---

1. L'apostrophe du harangueur au jury viril dramatise le discours. Le réquisitoire concerne la coupable compromission au goût amolli des femmes, qui influencent la vie littéraire par leur rôle dans les Salons.   **2.** L'apostrophe concerne Voltaire, auteur de *La Henriade* (voir note 2, p. 24), épicurien qui se construit une immense fortune (aux antipodes du vertueux et rugueux Fabricius). Alors que le masque du pseudonyme lui est arraché, son art essuie le reproche d'être dénaturé par ses compromissions et la recherche d'applaudissements.   **3.** La réaction hostile de l'auteur de *La Henriade* révèle l'appartenance à une caste nobiliaire certaine de détenir le bon goût. Voir les félicitations à Juilly de Thomassin pour son discours *Combien les lettres, loin d'affaiblir les vertus guerrières, fortifient la valeur et perfectionnent le courage* (1771) : « On ne pouvait mieux confondre le Jean-Jacques de Genève. Il n'y a rien à répondre à ce que vous dites, que suivant les principes de ce charlatan ce serait à la stupide ignorance à donner la gloire et le bonheur. Ce malheureux singe de Diogène qui croit s'être réfugié dans quelque vieux ais de son tonneau, mais qui n'a pas sa lanterne n'a jamais écrit ni avec bon sens ni avec bonne foi. Pourvu qu'il débitât son orviétan, il était satisfait. Vous l'appelez *Zoïle* [sophiste grec, détracteur d'Homère] ; il l'est de tous les talents et de toutes les vertus. Vous avez contenu le parti de la vraie gloire qui vous est si bien due, que j'ai l'honneur d'être votre confrère dans l'Académie pour laquelle vous avez écrit. Elle a dû regarder votre ouvrage comme une de ces choses qui lui font le plus d'honneur » (11 octobre 1771).

C'est ainsi que la dissolution des mœurs, suite nécessaire du luxe, entraîne à son tour la corruption du goût. Que si par hasard entre les hommes extraordinaires par leurs talents, il s'en trouve quelqu'un qui ait de la fermeté dans l'âme et qui refuse de se prêter au génie de son siècle et de s'avilir par des productions puériles, malheur à lui ! Il mourra dans l'indigence et dans l'oubli. Que n'est-ce ici un pronostic que je fais et non une expérience que je rapporte ! Carle, Pierre[1], le moment est venu où ce pinceau destiné à augmenter la majesté de nos temples par des images sublimes et saintes, tombera de vos mains, ou sera prostitué à orner de peintures lascives les panneaux d'un vis-à-vis. Et toi, rival des Praxitèle et des Phidias ; toi dont les anciens auraient employé le ciseau à leur faire des dieux capables d'excuser à nos yeux leur idolâtrie ; inimitable Pigalle[2], ta main se

---

1. Deux peintres à succès sont pris à partie, Charles André Van Loo (1705-1765) et Jean-Baptiste Pierre (1713-1789), qui dessina la planche du frontispice du *Discours*. Ces noms rappellent que la harangue rousseauiste n'est pas une étude historique. Si les exemples de l'Antiquité prédominent, ils concernent les contemporains. La peinture avait été dénoncée par Fabricius ; au lecteur d'« appliquer » la leçon morale au contexte parisien. La dénonciation des peintres abandonnant les sujets d'art sacré au profit de frivolités est une concession au catholicisme. Dans une perspective calviniste, les images, loin d'augmenter la majesté du culte, sont à proscrire.   2. Le dixième « apostrophé » est le sculpteur Jean-Baptiste Pigalle (1714-1785), désigné par des périphrases hyperboliques et antiquisantes (contraste avec les deux « prénoms » précédents). L'absence de musiciens est remarquable. Leur procès est réservé pour la *Lettre sur la musique française* (1753) qui suscitera un énorme scandale.

résoudra à ravaler le ventre d'un magot, ou il faudra qu'elle demeure oisive.

On ne peut réfléchir sur les mœurs, qu'on ne se plaise à se rappeler l'image de la simplicité des premiers temps. C'est un beau rivage, paré des seules mains de la nature, vers lequel on tourne incessamment les yeux, et dont on se sent éloigner à regret. Quand les hommes innocents et vertueux aimaient à avoir les dieux pour témoins de leurs actions, ils habitaient ensemble sous les mêmes cabanes[1]; mais bientôt devenus méchants, ils se lassèrent de ces incommodes spectateurs et les reléguèrent dans des temples magnifiques. Ils les en chassèrent enfin pour s'y établir eux-mêmes, ou du moins les temples des dieux ne se distinguèrent plus des maisons des citoyens. Ce fut alors le comble de la dépravation; et les vices ne furent jamais poussés plus loin que quand on les vit, pour ainsi dire, soutenus à l'entrée des palais des Grands sur des colonnes de marbre, et gravés sur des chapiteaux corinthiens[2].

Tandis que les commodités de la vie se multiplient, que les arts se perfectionnent et que le luxe s'étend; le vrai courage s'énerve, les vertus militaires s'évanouissent, et c'est encore l'ouvrage des sciences et de tous ces arts qui s'exercent dans l'ombre du cabinet.

---

1. Première stylisation de l'« état de nature », soudain proche du « bon sauvage ». Le poète Jean-Baptiste Rousseau avait célébré, dans son *Ode* II, IX, l'heureuse ignorance dans les « huttes » et la simple piété des temps primitifs, condamnant les sciences illusoires, les sophismes et les arts.   **2.** Les moralistes condamnent l'abîme moral de la Rome impériale décadente, contrastant avec la magnificence inouïe de son architecture.

Quand les Goths ravagèrent la Grèce, toutes les bibliothèques ne furent sauvées du feu que par cette opinion
semée par l'un d'entre eux, qu'il fallait laisser aux
ennemis des meubles si propres à les détourner de
l'exercice militaire et à les amuser à des occupations
oisives et sédentaires. Charles VIII se vit maître de la
Toscane et du royaume de Naples sans avoir presque
tiré l'épée ; et toute sa cour attribua cette facilité ines-
pérée à ce que les princes et la noblesse d'Italie
s'amusaient plus à se rendre ingénieux et savants
qu'ils ne s'exerçaient à devenir vigoureux et guerriers.
En effet, dit l'homme de sens qui rapporte ces deux
traits, tous les exemples nous apprennent qu'en cette
martiale police et en toutes celles qui lui sont semblables, l'étude des sciences est bien plus propre à amol-
lir et efféminer les courages qu'à les affermir et les
animer[1].

Les Romains ont avoué que la vertu militaire s'était
éteinte parmi eux à mesure qu'ils avaient commencé
à se connaître en tableaux, en gravures, en vases
d'orfèvrerie, et à cultiver les beaux-arts ; et comme si
cette contrée fameuse était destinée à servir sans cesse
d'exemple aux autres peuples, l'élévation des Médicis
et le rétablissement des lettres[2] ont fait tomber dere-

---

1. Emprunts explicites à « l'homme de sens » (Montaigne, I,
25). Au terme de l'essai, la thèse selon laquelle « l'étude des sciences amollit et efféminé les courages plus qu'il ne les fermit et
aguerrit » est illustrée par la vaillance des Scythes ignorants et par
les deux exemples du déferlement des Goths (victoire en 378 sur
l'empereur romain Valens ; ils autorisent les livres par prophylaxie
perverse) et des Français (victoire en 1495 sur les Italiens amollis
par le raffinement des arts).   **2.** Retour à l'énoncé du concours.
Les Médicis sont la famille florentine de marchands et de banquiers

chef et peut-être pour toujours cette réputation guerrière que l'Italie semblait voir recouvrée il y a quelques siècles.

Les anciennes républiques de la Grèce avec cette sagesse qui brillait dans la plupart de leurs institutions avaient interdit à leurs citoyens tous ces métiers tranquilles et sédentaires qui, en affaissant et corrompant le corps, énervent sitôt la vigueur de l'âme. De quel œil, en effet, pense-t-on que puissent envisager la faim, la soif, les fatigues, les dangers et la mort, des hommes que le moindre besoin accable et que la moindre peine rebute ? Avec quel courage les soldats supporteront-ils des travaux excessifs dont ils n'ont aucune habitude ? Avec quelle ardeur feront-ils des marches forcées sous des officiers qui n'ont même pas la force de voyager à cheval[1] ? Qu'on ne m'objecte point la valeur renommée de tous ces modernes guerriers si savamment disciplinés. On me vante bien leur bravoure en un jour de bataille, mais on ne me dit point comment ils supportent l'excès de travail, comment ils résistent à la rigueur des saisons et aux intempéries de l'air. Il ne faut qu'un peu de soleil ou de neige, il ne faut que la privation de quelques superfluités pour fondre et détruire en peu de jours la meilleure de nos armées. Guerriers intrépides[2], souffrez

---

la plus représentative de l'essor des arts et des sciences en Toscane au XVᵉ siècle.

1. Voir Montaigne, II, 9 ; ce bref essai regrette l'armement sobre de jadis, déplore la « façon vicieuse de la noblesse de notre temps, et pleine de mollesse » et cite la sévérité prémonitoire de Tite-Live à propos des Gaulois « incapables de souffrir la fatigue, ils avaient peine à porter leurs armes sur leurs épaules » (p. 403).
2. Apostrophe aux soldats français. À Chambéry, Jean-Jacques

une fois la vérité qu'il vous est si rare d'entendre ;
vous êtes braves, je le sais ; vous eussiez triomphé
avec Hannibal à Cannes et à Trasimène ; César avec
vous eût passé le Rubicon et asservi son pays[1] ; mais
ce n'est point avec vous que le premier eût traversé
les Alpes, et que l'autre eût vaincu vos aïeux.

Les combats ne font pas toujours le succès de la
guerre, et il est pour les généraux un art supérieur à
celui de gagner des batailles. Tel court au feu avec
intrépidité, qui ne laisse pas d'être un très mauvais
officier : dans le soldat même, un peu plus de force et
de vigueur serait peut-être plus nécessaire que tant
de bravoure qui ne le garantit pas de la mort ; et
qu'importe à l'État que ses troupes périssent par la
fièvre et le froid, ou par le fer de l'ennemi ?

Si la culture des sciences est nuisible aux qualités
guerrières, elle l'est encore plus aux qualités morales.
C'est dès nos premières années qu'une éducation
insensée orne notre esprit et corrompt notre jugement.
Je vois de toutes parts des établissements immenses,
où l'on élève à grands frais la jeunesse pour lui
apprendre toutes choses, excepté ses devoirs[2]. Vos

---

avait été ébloui par le passage des armées se rendant au Piémont
(1733) ; la guerre entre la France et l'Autriche le rendit, dit-il,
« Français ardent ». Il tenta probablement, en vain, de s'en-
rôler. **1.** Le Carthaginois Hannibal, héros de la guerre punique, rem-
porta, grâce aux déplacements exceptionnels de ses soldats, des
victoires inespérées sur les Romains (217 av. J.-C.). Vainqueur des
Gaulois, César se décida pour le coup d'État en traversant un fleuve
(le Rubicon), limite de l'aire de Rome interdite aux armées
(50 av. J.-C.). **2.** Le traité de pédagogie réformatrice de Montaigne (I, 26) ne dénigre pas le savoir et se rapproche de l'idéal

enfants ignoreront leur propre langue, mais ils en parleront d'autres qui ne sont en usage nulle part : ils
sauront composer des vers qu'à peine ils pourront
comprendre : sans savoir démêler l'erreur de la vérité,
ils posséderont l'art de les rendre méconnaissables
aux autres par des arguments spécieux : mais ces mots
de magnanimité, de tempérance, d'humanité, de courage, ils ne sauront ce que c'est ; ce doux nom de
patrie ne frappera jamais leur oreille ; et s'ils enten-
dent parler de Dieu, ce sera moins pour le craindre
que pour en avoir peur*. J'aimerais autant, disait un
sage, que mon écolier eût passé le temps dans un jeu
de paume, au moins le corps en serait plus dispos[1].
Je sais qu'il faut occuper les enfants, et que l'oisiveté
est pour eux le danger le plus à craindre. Que faut-il
donc qu'ils apprennent ? Voilà certes une belle question !

---

* [Diderot], *Pensées philosophiques*, VIII.

---

nobiliaire de l'honnête homme. Rousseau y retrouvait le choix
d'Alexandre d'être vaillant plutôt que savant. Voir de plus franches
critiques chez Montaigne : « [L'institution] a eu pour sa fin de nous
faire non bons et sages, mais savants : elle y est arrivée. Elle n'y
nous a pas appris de suivre et embrasser la vertu et la prudence,
mais elle nous en a imprimé la dérivation et l'étymologie. Nous
savons décliner vertu, si nous ne savons l'aimer » (II, 17). Rousseau
trouvait aussi dans l'Essai I, 25 une attaque contre l'importance
accordée au latin et au grec.

1. Le « sage » énigmatique est Montaigne. Le *Discours* préten-
dument hostile à l'érudition suppose ici encore que le lecteur se
souvienne de l'Essai I, 25 (au moins le huitième emprunt) adopté
comme boussole : « J'aimerais aussi cher que mon écolier eût passé
le temps à jouer à la paume. »

Qu'ils apprennent ce qu'ils doivent faire étant hom-
mes*; et non ce qu'ils doivent oublier.

---

* Telle était l'éducation des Spartiates, au rapport du plus grand
de leurs rois. « C'est, dit Montaigne[1], chose digne de très grande
considération, qu'en cette excellente police de Lycurgue, et à la
vérité monstrueuse par sa perfection, si soigneuse pourtant de la
nourriture des enfants, comme de sa principale charge, et au gîte
même des Muses, il s'y fasse si peu mention de la doctrine[2] :
comme si, cette généreuse jeunesse dédaignant tout autre joug[3], on
ait dû lui fournir, au lieu de nos maîtres de science, seulement des
maîtres de vaillance, prudence et justice. »

Voyons maintenant comment le même auteur parle des anciens
Perses. « Platon, dit-il, raconte que le fils aîné de leur succession
royale était ainsi nourri. Après sa naissance, on le donnait, non à
des femmes, mais à des eunuques de la première autorité près du
roi, à cause de leur vertu. Ceux-ci prenaient charge de lui rendre
le corps beau et sain, et après sept ans le duisaient[4] à monter à
cheval et aller à la chasse. Quand il était arrivé au quatorzième, ils
le posaient entre les mains de quatre : le plus sage, le plus juste, le
plus tempérant et le plus vaillant de la nation. Le premier lui
apprenait la religion, le second à être toujours véritable, le tiers à
vaincre ses cupidités, le quart à ne rien craindre[5]. » Tous, ajoute-
rai-je, à le rendre bon, aucun à le rendre savant.

« Astyage, en Xénophon[6], demande à Cyrus compte de sa dernière leçon : c'est, dit-il, qu'en notre école un grand garçon ayant
un petit saye[7] le donna à l'un de ses compagnons de plus petite
taille, et lui ôta son saye qui était plus grand. Notre précepteur
m'ayant fait juge de ce différend, je jugeai qu'il fallait laisser les
choses en cet état, et que l'un et l'autre semblait être mieux accom-

---

1. La citation est un hommage à Montaigne (I, 25), boussole du
Discours.   **2.** Au sens de « science ».   **3.** Le texte de Montaigne est : « tout autre joug *que de la vertu*, [...] ».   **4.** Ensei-
gnaient.   **5.** Montaigne, I, 25.   **6.** Historien grec (IVᵉ-IIIᵉ siècle av. J.-C.), élève de Socrate. Astyage est le dernier roi des Mèdes
(VIᵉ siècle av. J.-C.) ; Cyrus, son petit-fils, le destitua et fonda
l'Empire perse achéménide.   **7.** Paletot.

Nos jardins sont ornés de statues et nos galeries de tableaux. Que penseriez-vous que représentent ces chefs-d'œuvre de l'art exposés à l'admiration publique ? Les défenseurs de la patrie ? ou ces hommes plus grands encore qui l'ont enrichie par leurs vertus ? Non. Ce sont des images de tous les égarements du cœur et de la raison, tirées soigneusement de l'ancienne mythologie, et présentées de bonne heure à la curiosité de nos enfants ; sans doute afin qu'ils aient sous leurs yeux des modèles de mauvaises actions, avant même que de savoir lire [1].

D'où naissent tous ces abus, si ce n'est de l'inégalité funeste introduite entre les hommes par la distinction des talents et par l'avilissement des vertus ? Voilà l'effet le plus évident de toutes nos études, et la plus dangereuse de toutes leurs conséquences. On ne demande plus d'un homme s'il a de la probité, mais s'il a des talents ; ni d'un livre s'il est utile, mais s'il est bien écrit. Les récompenses sont prodiguées au bel esprit, et la vertu reste sans honneurs. Il y a mille prix pour les beaux discours, aucun pour les belles actions. Qu'on me dise, cependant, si la gloire attachée au meilleur des discours qui seront cou-

---

modé en ce point. Sur quoi, il me remontra que j'avais mal fait : car je m'étais arrêté à considérer la bienséance ; et il fallait premièrement avoir pourvu à la justice, qui voulait que nul ne fût forcé en ce qui lui appartenait. Et dit qu'il en fût puni [2], comme on nous punit en nos villages pour avoir oublié le premier aoriste de τνπτω [3]. Mon régent me ferait une belle harangue, *in genere demonstrativo*, avant qu'il me persuadât que son école vaut celle-là [4]. »

---

1. L'accumulation de questions culpabilisantes et le recours aux valeurs de « patrie » et « vertu » (qui résonnent comme des intrus dans le climat de relativisme moral et de libertinage) sont des admonestations de prédicateur.   **2.** Montaigne dit « fouetté ».
3. « Je frappe. »   **4.** Montaigne, I, 25 (p. 142).

ronnés dans cette Académie est comparable au mérite
d'en avoir fondé le prix ?

Le sage ne court point après la fortune ; mais il n'est
pas insensible à la gloire ; et quand il la voit si mal dis-
tribuée, sa vertu, qu'un peu d'émulation aurait animée
et rendue avantageuse à la société, tombe en langueur,
et s'éteint dans la misère et dans l'oubli. Voilà ce qu'à
la longue doit produire partout la préférence des talents
agréables sur les talents utiles, et ce que l'expérience n'a
que trop confirmé depuis le renouvellement des sciences
et des arts[1]. Nous avons des physiciens, des géomètres,
des chimistes, des astronomes, des poètes, des musiciens, des peintres ; nous n'avons plus de citoyens ; ou
s'il nous en reste encore, dispersés dans nos campagnes
abandonnées, ils y périssent indigents et méprisés. Tel
est l'état où sont réduits, tels sont les sentiments
qu'obtiennent de nous ceux qui nous donnent du pain,
et qui donnent du lait à nos enfants.

Je l'avoue, cependant ; le mal n'est pas aussi grand
qu'il aurait pu le devenir. La prévoyance éternelle, en
plaçant à côté de diverses plantes nuisibles des simples
salutaires, et dans la substance de plusieurs animaux
malfaisants le remède à leurs blessures, a enseigné aux
souverains qui sont ses ministres à imiter sa sagesse.
C'est à son exemple que du sein même des sciences
et des arts, sources de mille dérèglements, ce grand
monarque dont la gloire ne fera qu'acquérir d'âge en
âge un nouvel éclat[2], tira ces sociétés célèbres[3] char-

---

1. Formule rappelant l'intitulé du concours.   **2.** L'éloge de
Louis XIV (sous la périphrase) représente un virage monarchiste
étonnant de la part du Citoyen républicain qui vient de dénoncer
une « inégalité funeste » et dont l'exposé semble – fondamentalement – supposer une contestation de l'organisation politique et un
refus de la société de Cour.   **3.** Sous la concession flagorneuse,
comprenons que le « remède » est « dans le mal ». Dans la société

gées à la fois du dangereux dépôt des connaissances humaines, et du dépôt sacré des mœurs, par l'attention qu'elles ont d'en maintenir chez elles toute la pureté, et de l'exiger dans les membres qu'elles reçoivent.

Ces sages institutions affermies par son auguste successeur[1], et imitées par tous les rois de l'Europe, serviront du moins de frein aux gens de lettres, qui tous aspirant à l'honneur d'être admis dans les Académies, veilleront sur eux-mêmes, et tâcheront de s'en rendre dignes par des ouvrages utiles et des mœurs irréprochables. Celles de ces compagnies, qui pour les prix dont elles honorent le mérite littéraire feront un choix de sujets propres à ranimer l'amour de la vertu dans les cœurs des citoyens, montreront que cet amour règne parmi elles, et donneront aux peuples ce plaisir si rare et si doux de voir des sociétés savantes se dévouer à verser sur le genre humain, non seulement des lumières agréables, mais aussi des instructions salutaires.

Qu'on ne m'oppose donc point une objection qui n'est pour moi qu'une nouvelle preuve. Tant de soins ne montrent que trop la nécessité de les prendre, et l'on ne cherche point de remèdes à des maux qui n'existent pas. Pourquoi faut-il que ceux-ci portent encore par leur insuffisance le caractère des remèdes

---

malade dont il a établi le diagnostic, Rousseau salue le soleil des Académies annonciatrices de l'antidote au délabrement moral. Elles représentent de nouvelles enclaves où sera fait le meilleur usage des sciences et des arts.

1. Louis XV. Bientôt, le 18 octobre 1752, *Le Devin du village* de Rousseau sera représenté à Fontainebleau, en présence du roi. Le musicien sera près de provoquer un scandale en fuyant le monarque (renonçant du même coup à se voir proposer une pension).

ordinaires ? Tant d'établissements faits à l'avantage des
savants n'en sont que plus capables d'en imposer sur
les objets des sciences et de tourner les esprits à leur
culture. Il semble, aux précautions qu'on prend, qu'on
ait trop de laboureurs et qu'on craigne de manquer de
philosophes. Je ne veux point hasarder ici une comparaison de l'agriculture et de la philosophie : on ne le
supporterait pas. Je demanderai seulement : qu'est-ce
que la philosophie ? Que contiennent les écrits des philosophes les plus connus ? Quelles sont les leçons de
ces amis de la sagesse ? À les entendre, ne les pren-
drait-on pas pour une troupe de charlatans criant, chacun de son côté, sur une place publique : Venez à moi,
c'est moi seul qui ne trompe point[1] ? L'un prétend qu'il
n'y a point de corps et que tout est en représentation.
L'autre, qu'il n'y a d'autre substance que la matière
ni d'autre dieu que le monde. Celui-ci avance qu'il y
a ni vertus ni vices, et que le bien et le mal moral sont
des chimères. Celui-là, que les hommes sont des loups
et peuvent se dévorer en sûreté de conscience[2]. Ô
grands philosophes[3] ! que ne réservez-vous pour vos

---

1. Le rapprochement des philosophes avec des vendeurs de boni-
ments est traditionnel. Voir Lucien, *Philosophes à vendre*, ou Montaigne, II, 12.   **2.** L'un des rares animaux du *Discours* (voir les
hommes lions, ours, tigres et crocodiles, *Dernière réponse à
Bordes*). Allusion à Hobbes (dédicace du *De cive*) qui veut qu'avant
les apports décisifs de la civilisation, chaque homme ait été une
bête féroce vis-à-vis de ses congénères (« *homo homini lupus* » de
Plaute ; Montaigne, III, 5, p. 852). L'œuvre de Rousseau constituera
par la suite une réfutation de Hobbes.   **3.** La douzième apostrophe est ironique. Au contraire Fabricius est véritablement
« grand homme ». Comment fallait-il entendre Louis XIV « grand
monarque » ? Tout au long du *Discours*, la « grandeur » requiert le
juste choix du regard, au même titre que le « brillant ».

amis et pour vos enfants ces leçons profitables ; vous
en recevriez bientôt le prix, et nous ne craindrions pas
de trouver dans les nôtres quelqu'un de vos
sectateurs.

Voilà donc les hommes merveilleux à qui l'estime
de leurs contemporains a été prodiguée pendant leur
vie, et l'immortalité réservée après leur trépas ! Voilà
les sages maximes que nous avons reçues d'eux et que
nous transmettrons d'âge en âge à nos descendants. Le
paganisme, livré à tous les égarements de la raison
humaine, a-t-il laissé à la postérité rien qu'on puisse
comparer aux monuments honteux que lui a préparés
l'imprimerie, sous le règne de l'Évangile ? Les écrits
impies des Leucippe et des Diagoras[1] sont péris avec
eux. On n'avait point encore inventé l'art d'éterniser
les extravagances de l'esprit humain. Mais, grâce aux
caractères typographiques* et à l'usage que nous en
faisons, les dangereuses rêveries des Hobbes et des

---

* À considérer les désordres affreux que l'imprimerie a déjà
causés en Europe, à juger de l'avenir par le progrès que le mal fait
d'un jour à l'autre, on peut prévoir aisément que les souverains ne
tarderont pas à se donner autant de soins pour bannir cet art terrible
de leurs États qu'ils en ont pris pour l'y introduire. Le sultan
Achmet, cédant aux importunités de quelques prétendus gens de
goût, avait consenti d'établir une imprimerie à Constantinople.
Mais à peine la presse fut-elle en train qu'on fut contraint de la
détruire et d'en jeter les instruments dans un puits[2]. On dit que le
calife Omar, consulté sur ce qu'il fallait faire de la bibliothèque
d'Alexandrie, répondit en ces termes : Si les livres de cette bibliothèque contiennent des choses opposées à l'Alcoran, ils sont mauvais et il faut les brûler. S'ils ne contiennent que la doctrine de

---

1. Leucippe et Diagoras, philosophes grecs matérialistes ou
athées du Vᵉ siècle av. J.-C.   **2.** La première imprimerie de

Spinoza resteront à jamais[1]. Allez, écrits célèbres[2] dont
l'ignorance et la rusticité de nos pères n'auraient point
été capables ; accompagnez chez nos descendants ces
ouvrages plus dangereux encore d'où s'exhale la corruption des mœurs de notre siècle, et portez ensemble
aux siècles à venir une histoire fidèle du progrès et des

---

l'Alcoran, brûlez-les encore : ils sont superflus[3]. Nos savants ont
cité ce raisonnement comme le comble de l'absurdité. Cependant,
supposez Grégoire le Grand à la place d'Omar et l'Évangile à la
place de l'Alcoran, la bibliothèque aurait encore été brûlée, et ce
serait peut-être le plus beau trait de la vie de cet illustre pontife.

Constantinople vit le jour en 1727 sous Achmet III (règne éclairé,
1703-1730). On relèvera l'effet de symétrie à propos de ce secret
de l'imprimerie jeté au fond du puits (voir notes 3, p. 49 et 1,
p. 53).
        1. Analogues modernes : Hobbes (1588-1679), philosophe
anglais, matérialiste mécaniste, adepte de l'utilitarisme moral et
théoricien d'un « contrat social » impliquant un pouvoir absolu ;
Spinoza (1632-1677), philosophe hollandais, panthéiste rationa-
liste, hostile à toute théologie anthropomorphique ; jugé athée et
censuré.   **2.** Première apostrophe à un objet. Selon le tour, si
les vœux formulés pour les livres s'accomplissaient, la corruption
morale empirerait.   **3.** Anecdote célèbre et traumatisme pour
tous les lettrés : la décision d'Omar d'incendier à Alexandrie la
bibliothèque la plus gigantesque du monde antique (650). Le cha-
noine Gautier, piètre réfutateur du *Discours*, écrira : « On dirait
qu'Omar est le génie qui dirige [la plume] de M. Rousseau »
(*Observations sur la lettre de Rousseau à Grimm*, 1752). Voltaire
et tant d'autres associeront de façon récurrente Rousseau à Éros-
trate, l'artiste stérile et impuissant qui ne trouva pour tout moyen
de se signaler à la postérité que d'incendier le magnifique temple
de Diane à Éphèse, l'une des sept merveilles du monde (lettres de
Voltaire du 21 juillet 1762). Rousseau précisera qu'il ne souhaite
pas voir les bibliothèques incendiées dans la *Réponse au roi Stanislas*, la *Dernière réponse à Bordes* et la *Préface* au *Narcisse*.

avantages de nos sciences et de nos arts. S'ils vous lisent, vous ne leur laisserez aucune perplexité sur la question que nous agitons aujourd'hui : et à moins qu'ils ne soient plus insensés que nous, ils lèveront leurs mains au ciel, et diront dans l'amertume de leur cœur : « Dieu tout-puissant, toi qui tiens dans tes mains les esprits, délivre-nous des lumières et des funestes arts de nos pères, et rends-nous l'ignorance, l'inno-cence et la pauvreté, les seuls biens qui puissent faire notre bonheur et qui soient précieux devant toi[1]. »

Mais si le progrès des sciences et des arts n'a rien ajouté à notre véritable félicité ; s'il a corrompu nos mœurs, et si la corruption des mœurs a porté atteinte à la pureté du goût, que penserons-nous de cette foule d'auteurs élémentaires qui ont écarté du temple des Muses les difficultés qui défendaient son abord, et que la nature y avait répandues comme une épreuve des forces de ceux qui seraient tentés de savoir ? Que pen-serons-nous de ces compilateurs d'ouvrages qui ont indiscrètement brisé la porte des sciences et introduit dans leur sanctuaire une populace indigne d'en appro-cher ; tandis qu'il serait à souhaiter que tous ceux qui ne pouvaient avancer loin dans la carrière des lettres, eussent été rebutés dès l'entrée, et se fussent jetés dans des arts utiles à la société. Tel qui sera toute sa vie un mauvais versificateur, un géomètre subalterne, serait peut-être devenu un grand fabricateur d'étoffes[2]. Il n'a point fallu de maîtres à ceux que la nature destinait à

---

1. Cette ignorance désirable n'est plus celle, complexe, de Socrate, mais celle, simple, des temps primitifs et de la pastorale (voir note 1, p. 63).   2. Voir Montaigne, III, 8 : « C'est pourquoi on voit tant d'ineptes âmes entre les savantes [...] ; il s'en fût fait

faire des disciples. Les Vérulam, les Descartes et les Newton[1], ces précepteurs du genre humain n'en ont point eu eux-mêmes, et quels guides les eussent conduits jusqu'où leur vaste génie les a portés ? Des maîtres ordinaires n'auraient pu rétrécir leur entendement en le resserrant dans l'étroite capacité du leur. C'est par les premiers obstacles qu'ils ont appris à faire des efforts, et qu'ils se sont exercés à franchir l'espace immense qu'ils ont parcouru. S'il faut permettre à quelques hommes de se livrer à l'étude des sciences et des arts, ce n'est qu'à ceux qui se sentiront la force de marcher seuls sur leurs traces, et de les devancer. C'est à ce petit nombre qu'il appartient d'élever des monuments à la gloire de l'esprit humain. Mais si l'on veut que rien ne soit au-dessus de leur génie, il faut que rien ne soit au-dessus de leurs espérances. Voilà l'unique encouragement dont ils ont besoin. L'âme se proportionne insensiblement aux objets qui l'occupent, et ce sont les grandes occasions qui font les grands hommes. Le prince de l'éloquence fut consul de Rome, et le plus grand, peut-être, des philosophes, chancelier d'Angleterre[2]. Croit-on que si l'un

---

de bons hommes de ménage, bons marchands, bons artisans. » Rousseau produit une citation du même essai dans sa note, p. 32.
   1. Bacon, lord Verulam (1561-1626), philosophe anglais, a posé les fondements d'un programme systématique d'investigations scientifiques ; Descartes (1596-1650), philosophe et savant ayant rompu avec la scolastique et instaurateur d'une méthodologie rationnelle d'inspiration mathématique (père des matérialistes du XVIIIe siècle) ; Newton (1642-1727), mathématicien, physicien et astronome anglais, découvreur de l'analyse infinitésimale, de l'algèbre et de la loi d'attraction universelle ; connu en France par les *Éléments* de Voltaire, 1738 (voir note 2, p. 55).   **2.** Les périphrases énigmatiques (grands esprits ayant le sens civique)

n'eût occupé qu'une chaire dans quelque université, et que l'autre n'eût obtenu qu'une modique pension d'Académie ; croit-on, dis-je, que leurs ouvrages ne se sentiraient pas de leur état ? Que les rois ne dédaignent donc pas d'admettre dans leurs conseils les gens les plus capables de les bien conseiller : qu'ils renoncent à ce vieux préjugé inventé par l'orgueil des Grands, que l'art de conduire les peuples est plus difficile que celui de les éclairer : comme s'il était plus aisé d'engager les hommes à bien faire de leur bon gré que de les y contraindre par la force. Que les savants du premier ordre trouvent dans leurs cours d'honorables asiles. Qu'ils y obtiennent la seule récompense digne d'eux ; celle de contribuer par leur crédit au bonheur des peuples à qui ils auront enseigné la sagesse. C'est alors seulement qu'on verra ce que peuvent la vertu, la science et l'autorité animées d'une noble émulation et travaillant de concert à la félicité du genre humain. Mais tant que la puissance sera seule d'un côté ; les lumières et la sagesse seules d'un autre, les savants penseront rarement de grandes choses, les princes en feront plus rarement de belles, et les peuples continueront d'être vils, corrompus et malheureux.

Pour nous, hommes vulgaires, à qui le ciel n'a point départi de si grands talents et qu'il ne destine pas à tant de gloire, restons dans notre obscurité. Ne courons point après une réputation qui nous échapperait, et qui, dans l'état présent des choses, ne nous rendrait jamais ce qu'elle nous aurait coûté, quand nous aurions tous les titres pour l'obtenir. À quoi bon chercher notre

désignent Cicéron (questeur puis consul) et Bacon (procureur général, garde des Sceaux puis grand chancelier).

bonheur dans l'opinion d'autrui si nous pouvons le trouver en nous-mêmes ? Laissons à d'autres le soin d'instruire les peuples de leurs devoirs, et bornons-nous à bien remplir les nôtres, nous n'avons pas besoin d'en savoir davantage.

Ô vertu[1] ! Science sublime des âmes simples, faut-il donc tant de peines et d'appareil pour te connaître ? Tes principes ne sont-ils pas gravés dans tous les cœurs, et ne suffit-il pas pour apprendre tes lois de rentrer en soi-même et d'écouter la voix de sa conscience dans le silence des passions ? Voilà la véritable philosophie, sachons nous en contenter ; et sans envier la gloire de ces hommes célèbres qui s'immortalisent dans la république des lettres, tâchons de mettre entre eux et nous cette distinction glorieuse qu'on remarquait jadis entre deux grands peuples ; que l'un savait bien dire, et l'autre, bien faire[2].

---

1. L'ultime apostrophe est réservée à une instance abstraite, le bien suprême : la vertu.   **2.** Ultime hommage à Montaigne et aux pages séminales de l'Essai I, 25 : « On allait, dit-on, aux autres villes de Grèce chercher des rhétoriciens, des peintres et des musiciens ; mais en Lacédémone, des législateurs, des magistrats et empereurs d'armée. À *Athènes on apprenait à bien dire, et ici à bien faire* ; là, à se démêler d'un argument sophistique et à rabattre l'imposture des mots captieusement entrelacés ; ici à se démêler des appâts de la volupté et à rabattre d'un grand courage les menaces de la fortune et de la mort ; ceux-là s'embesognaient après les paroles ; ceux-ci, après les choses ; là, c'était une continuelle exercitation de la langue ; ici une continuelle exercitation de l'âme. »

Chronologie

Rousseau et le *Premier Discours*

1553 – Version française des *Paradossi* de Hortensio Lando (ou Landi), anthologie de démonstrations « Qu'il vaut mieux être ignorant que savant », un classique des bibliothèques de l'« honnête homme ».

1582 – Traduction en français de l'ouvrage (apprécié par Montaigne) d'Agrippa de Nettesheim, qui paraît sous le titre significatif de *Paradoxe sur l'incertitude, vanité et abus des sciences*.

1632 – Traduction française de l'ouvrage de Francis Bacon : *De la dignité et de l'accroissement des sciences*.

1635 – Richelieu crée l'Académie française, institution célébrant le Progrès et glorifiant la monarchie.

1671 – Sujet au concours de l'Académie : « La science du salut est opposée aux vaines et mauvaises connaissances, et aux curiosités blâmables et défendues. »

1712 – *28 juin* : Jean-Jacques naît à Genève. Ses parents, Isaac (artisan horloger) et Suzanne, sont « citoyens » de Genève et protestants.

1720 – *Hiver* : Jean-Jacques découvre avec enthou-
siasme Plutarque qu'il continuera à admirer toute sa
vie.

1724 – Début de l'influent *Mercure de France*, qui
s'intéresse aux belles-lettres, aux controverses, et
offre une *chronique des Académies*. – Sujet au
concours de l'Académie : « Il n'y a point de véritable
sagesse sans la religion, parce que la sagesse vient
de Dieu. » – Édition de Montaigne par Coste (la
première depuis 1669), qui sera l'édition de référence durant le XVIIIᵉ siècle.

1725 – Jean-Jacques commence un apprentissage de
graveur en horlogerie. Il exprimera plus tard de profonds regrets : quelle destinée lui aurait mieux
convenu que celle d'humble artisan à Genève ?

1727 – Sujet au concours de l'Académie, le premier
d'une longue série qui doit susciter l'éloge du progrès des sciences et des arts sous la monarchie :
« Les *progrès de la peinture* sous le règne de Louis
le Grand. »

1728 – *14 mars* : Jean-Jacques assiste à la fermeture
des portes de la cité et s'enfuit de Genève. –
21 mars : Il est accueilli à Annecy par Mme de
Warens puis se rend à Turin pour se convertir au
catholicisme. – *21 avril* : Rousseau abjure le protes-
tantisme, ce qui exclut la qualité de « Citoyen de
Genève ».

1729 – Sujet au concours de l'Académie : « Les *progrès de la navigation* sous le règne de Louis le
Grand. »

1729-1730 – À Annecy auprès de Mme de Warens.

1730 – Sujet au concours de l'Académie : « Les *pro-

grès de la tragédie sous le règne de Louis le
Grand. »

1731 – Premier séjour à Paris. Puis Jean-Jacques re-
trouve Mme de Warens et est employé au cadastre
de Savoie.

1732 – Sujet au concours de l'Académie : « Les *progrès de la langue française* sous le règne de Louis
le Grand. » – 1733 : « Les *progrès de la sculpture*
sous le règne de Louis le Grand. » – 1734 : « Les
progrès de la musique sous le règne de Louis le
Grand. »

1735-1740 – Mme de Warens s'est installée aux Charmettes près de Chambéry. Rousseau y vit la plupart
du temps ; il y fait des lectures décisives (Montaigne).

1736 – Nouvelle série de questions historiques sous-
entendant un évolutionnisme au concours de l'Académie des Inscriptions et des Belles-Lettres : « *Quel
fut l'état des sciences en France*, depuis la mort de
Charlemagne jusqu'à celle du roi Robert ? » – Sujet
au concours de l'Académie : « Les *progrès de l'art
du génie* sous le règne de Louis le Grand. » – *Le
Mondain* de Voltaire (apologie du luxe).

1738 – Question de l'Académie de Marseille : « L'utilité des lettres par rapport aux mœurs. » – Question
à l'Académie française : « Les *progrès de l'éloquence* sous le règne de Louis le Grand. » – Publication du discours académique *La Vanité et l'Importance des sciences* de Jean-Alphonse Turrettini,
professeur de théologie et d'histoire ecclésiastique
à l'Académie de Genève (1671-1737). – *Éléments
de la philosophie de Newton* de Voltaire (apologie
du progrès des sciences).

1740 – Fondation de l'Académie de Dijon. Les concours sont l'une des priorités. – Question au concours de l'Académie française : « Les *accroissements de la bibliothèque* du roi sous le règne de Louis le Grand. »

1740-1741 – Rousseau est à Lyon ; il y est confronté aux usages du « bon goût », des « bienséances » indissociables de la vie culturelle en France. Il est précepteur des enfants de M. de Mably. Rédaction d'un *Projet pour l'éducation de M. de Sainte-Marie*.

1742 – *mars* : Prophétie du *Journal de Verdun* : « Il pourra bien arriver quelque jour qu'on dise sur le Parnasse, Rousseau I, Rousseau II. » Le poète Jean-Baptiste Rousseau (auteur d'une ode célébrant la simple piété des temps primitifs où sont condamnés les sciences, les discours sophistes et les arts) était décédé en 1741. Il avait été éreinté en 1712, au lendemain du Prix de l'Académie d'Angers, par un *Anti-Rousseau* et avait été contraint à l'exil. Jean-Jacques construira (*Confessions*, IV) un hommage à l'auteur homonyme qui le précéda à la fois dans l'éloge lucide de l'ignorance primitive et dans la persécution. – *22 août* : Rousseau soumet un ouvrage au jugement de rapporteurs d'une Académie de Paris. Il présente devant l'Académie des sciences un *Projet* d'un système *de notation musicale*. Bien que le rapport soit mitigé, il le publie en 1743. Il se lie d'amitié avec Diderot. – Question de l'Académie des Inscriptions et des Belles-Lettres : « *Quel fut l'état des sciences en France*, depuis la mort de Philippe le Bel, jusqu'à celle de Charles V ? »

1743 – *Été* : Rousseau est secrétaire de l'ambassadeur

de France à Venise. – Question au concours de l'Académie française : « Les *progrès de la comédie* sous le règne de Louis le Grand. »

1745 – Jean-Jacques se lie avec la « lingère » Thérèse Levasseur, quasi analphabète. Il travaille à des opéras : *Les Muses galantes* ne connaît pas le succès. – Question de l'Académie des Inscriptions et des Belles-Lettres : « *Quel fut l'état des sciences en France* sous les règnes de Charles VI et de Charles VII ? »

1745-1764 – Mme de Pompadour, favorable aux philosophes, est la favorite du roi.

1746-1747 – Jean-Jacques devient le secrétaire de M. et Mme Dupin. Il fait avec eux des séjours mondains à Chenonceaux (concerts, auditions de poètes et de savants). – Le *Mercure* annonce la Question de l'Académie de Toulouse : « Fixer le temps où les sciences et les arts ont commencé à être cultivés chez les Volsques et marquer les changements qu'ils occasionnèrent dans les mœurs, les coutumes et la religion de ces peuples. »

1748 – Le *Mercure* annonce la Question de l'Académie de Soissons : « Quelles peuvent être dans tous les temps les causes de la décadence du goût dans les Arts et les Sciences ? » et celle de l'Académie d'Angers : « Le progrès des Sciences et des Beaux-Arts sous le règne de Louis XV. » – Question de l'Académie des Inscriptions et des Belles-Lettres : « *Quel fut l'état des sciences en France*, sous le règne de Louis XI ? »

1749 – Dans le *Supplément au Dictionnaire de Moreri*, article acide de l'abbé Goujet : « Dijon (Académie de) ». Ce dédain à l'égard des provinciaux et les

conseils paternalistes pour devenir plus « avanta-
geux au progrès des sciences, ce qui doit être le but
des Académies » inciteront Dijon à radicaliser son
indépendance de jugement. – Déjà auteur d'une *Dissertation sur la musique moderne* (1743) et d'une
Lettre sur l'opéra italien et français (1745), Jean-
Jacques est chargé par d'Alembert des articles de
musique pour l'*Encyclopédie*. Il en rédige quatre
cents. – Orchestrateur de l'*Encyclopédie* projetée,
Diderot est enfermé à Vincennes suite à la publication de sa *Lettre sur les aveugles*. Le parti des « philosophes » l'identifie aussitôt à Socrate. Jean-
Jacques s'adresse à Mme de Pompadour pour la prier
d'intercéder en faveur d'une libération. En *octobre*,
alors qu'il se rend à la prison pour une visite, Jean-
Jacques découvre dans le *Mercure de France* la
Question mise au concours par l'Académie de
Dijon : « Si le rétablissement des sciences et des arts
a contribué à épurer les mœurs ». – *3 novembre* :
Diderot est libéré et reprend le travail de l'*Encyclopédie*. Rousseau rédige son *Discours*.

1750 – *30 janvier* : Jean-Jacques signe abusivement,
une première fois, « Citoyen de Genève », dans une
lettre à Voltaire. – Turgot soutient en Sorbonne sa
thèse, *Tableau philosophique des progrès successifs
de l'esprit humain*. – *10 juillet* : L'Académie dijon-
naise, qui a reçu quatorze manuscrits sous anonymat,
annonce que Rousseau est couronné. Le Prix est
solennellement décerné le *23 août* en l'absence du
lauréat. Le ministre Malesherbes autorise la publication.

1751 – Confié au libraire parisien Pissot, le *Discours
sur les sciences et les arts* paraît sous couvert de

« Barillot à Genève ». Le succès de cette contestation frontale des bienfaits du « progrès » est immé-
diate. Les numéros successifs du *Mercure de France*
se font la tribune privilégiée de la controverse (premier compte rendu dès janvier). Rousseau y publie
un certain nombre de ses Réponses. Mais les réfutations dépassent vite ce cadre, et envahissent par
exemple les Discours de fin d'année académique :
23 mai, à l'Académie de Genève, par le pasteur et
professeur Jacob Vernet ; *12 août*, à la Sorbonne, par
l'abbé Chrétien Le Roy. – *Juin* : D'Alembert publie
le *Discours préliminaire* de l'*Encyclopédie*, où il
commente la thèse de Rousseau, son collabora-
teur musicologue. L'immense entreprise collective
annonce un inventaire du savoir et propose de mettre
l'ensemble raisonné des connaissances à la disposi-
tion de tous. – *14 septembre* : Voltaire, à Berlin, traite
le succès du *Discours* avec mépris. – Rousseau cesse
tout emploi et veut désormais gagner sa vie en
copiant de la musique. – Il rédige un *Discours* sur
la Question de l'Académie de Corse : « Quelle est
la vertu la plus nécessaire au héros et quels sont les
héros à qui cette vertu a manqué ? »
1752 – Suite de la publication des Réponses de Rousseau. Sujet péremptoire à l'Académie française (en
guise de leçon donnée à Dijon) : « Que l'amour des
Lettres inspire l'amour de la Vertu. » – *18-19 octobre* : Représentation à Fontainebleau de l'opéra *Le
Devin du village* (une pastorale) en présence de
Louis XV. Rousseau est près de provoquer un scandale en renonçant à saluer le roi et au projet de
pension. – *Décembre* : Représentation au Théâtre-
Français de Paris de *Narcisse* (échec). – Rousseau

publie une pièce importante dans la controverse autour de son *Discours* : la *Préface* de *Narcisse*.

1753 – Rousseau lit dans le *Mercure* la Question de l'Académie de Dijon : « Quelle est la source de l'inégalité parmi les hommes et si elle est autorisée par la loi naturelle ? » Il se retire pour composer « en promenade » et « en forêt » un texte trop long. Un professeur de *rhétorique* remportera le Prix. – Par sa prise de position radicale contre la musique française (*Lettre sur la musique française*), il crée le scandale et se fait détester : il est injurié et pendu en effigie.

1754 – Jean-Jacques est réintégré dans la religion protestante et est désormais légitimé à revendiquer le statut de Citoyen de Genève. – De retour à Paris, il décide de cesser toute concession aux usages mondains et se dépouille de tous les ornements attachés au courtisan ou à l'honnête homme.

1755 – Jean-Jacques publie son *Discours sur l'origine et les fondements de l'inégalité parmi les hommes*. L'ouvrage approfondit et radicalise l'examen des causes de la corruption de l'homme, en situant le mal au niveau des mauvaises prémisses du lien social. Le scandale est retentissant, mais les réfutations rigoureuses sont peu nombreuses.

1756 – *Printemps* : Rousseau quitte Paris, rompt avec les mondanités parisiennes et accepte l'hospitalité de Mme d'Épinay près des forêts de Montmorency. Il commence à rédiger son roman *La Nouvelle Héloïse*, où sont dénoncés la vie à Paris, les arts, les modes et les artifices et où sont exaltés les sentiments vertueux, l'authenticité, et la vie proche de la nature.

1757 – *Mars* : Rupture avec Diderot. – *10 octobre* : Parution de l'article « Genève » de D'Alembert dans l'*Encyclopédie*, qui reproche aux Genevois leur politique austère en matière d'art et notamment l'interdiction des théâtres. – *15 décembre* : À l'hospitalité de Mme d'Épinay succède celle du maréchal de Luxembourg.

1758 – Publication de la *Lettre à d'Alembert sur son article Genève* (*Lettre sur les spectacles*), prolongeant à beaucoup d'égards l'argumentation du *Discours sur les sciences et les arts*.

1759-1760 – Rousseau, au château de Montmorency, rédige l'*Émile* ainsi que *Du contrat social*.

1761 – Succès immense de *La Nouvelle Héloïse*. Travail à l'*Essai sur l'origine des langues*.

1762 – *12 janvier* : Dans les *Lettres à Malesherbes*, Jean-Jacques raconte pour la première fois la genèse fulgurante du *Premier Discours* et l'« illumination de Vincennes ». – *Avril* : Publication de *Du contrat social*. – *Mai* : Parution du roman pédagogique *Émile, ou De l'éducation*, montrant par hypothèse un enfant élevé à rebours des usages de polissage et de « bourrage de crâne » de la société française. – *Juin* : À Paris, l'*Émile* est condamné par la Sorbonne et le Parlement. Le livre est brûlé et une ordonnance de prise de corps est décrétée. Jean-Jacques doit fuir en Suisse et s'établit à Môtiers (sous juridiction prussienne). Genève condamne aussi bien le *Contrat social* que l'*Émile*.

1763 – Jean-Jacques est attaqué de front par des publications hostiles. Il renonce à son titre de « Citoyen de Genève » et se justifie dans la *Lettre à Christophe de Beaumont* (le point d'origine de la malédiction de son existence est situé à la lecture en 1749 de la Question au concours de l'Académie de Dijon).

1764 – Jean-Jacques se justifie encore dans ses *Lettres écrites de la montagne* et entreprend la rédaction de ses *Confessions*. – Il découvre la botanique.

1765 – Les persécutions par le biais de publications hargneuses s'intensifient. – *Septembre* : Jean-Jacques est chassé de son asile de Môtiers par l'hostilité croissante des habitants. Pour une courte période, il se réfugie à l'île Saint-Pierre sur le lac de Bienne. Puis il reprend ses errances à travers l'Europe (Berlin, Paris).

1766 – *Janvier* : Arrivée à Londres en compagnie du philosophe David Hume.

1767 – Retour en France, refuges chez différents protecteurs (prince de Conti).

1768 – Aggravation du complexe de persécution : idée d'un complot universel.

1769-1770 – Reprise, près des bourgades de Bourgoin et de Monquin, de la rédaction des *Confessions* (VII-XII). Le début du livre VIII représente une version moins dramatique et moins mystique de la genèse du *Premier Discours* et de l'« Illumination de Vincennes ».

1770-1771 – À Paris, travail de copie de musique. – *Lettres sur la botanique*. – Début des lectures des *Confessions* devant des cercles d'auditeurs. Consternation dans l'*intelligentsia* parisienne.

1771 – Rédaction des *Considérations sur le gouvernement de Pologne*.

1772-1776 – Rédaction des *Dialogues*, long plaidoyer justificatif et autoportrait du Juste innocent retrouvant la même épigraphe (Ovide, *Tristes*) que celle du *Premier Discours*. Le premier Dialogue expose la coupure décisive et maudite de l'existence de « J.-J. » située à la lecture en 1749 de la Question du concours (« cet homme a des singularités bien frappantes : sa vie est coupée en deux parties qui semblent appartenir à deux individus différents, dont l'époque qui les sépare, c'est-à-dire le temps où il a publié des livres, marque la mort de l'un et la naissance de l'autre »). Rousseau échoue dans sa tentative de faire parvenir ce manuscrit au roi en le déposant à l'église Notre-Dame de Paris.

1776-1778 – Rédaction des *Rêveries du promeneur solitaire*.

1778 – *2 juillet* : Mort de Jean-Jacques Rousseau à Ermenonville.

Bibliographie

Éditions

Discours sur les sciences et les arts, éd. G. R. Havens, Londres, Oxford UP, 1946.

Discours sur les sciences et les arts, éd. F. Bouchardy, in *Œuvres complètes*, Gallimard, « Pléiade », t. III, 1964.

Discours sur les sciences et les arts. Discours sur l'origine de l'inégalité, éd. J. Roger, Garnier-Flammarion, 1971.

Rousseau sur les sciences et les arts (*Premier Discours, Préface au Narcisse, Fiction ou Morceau allégorique sur la Révélation*), éd. G. Allard, Québec, Le Griffon d'Argile, 1993.

Discours sur les sciences et les arts, éd. F. Bouchardy, Gallimard, « Folio Essais », 1996.

Discours sur l'origine et les fondements de l'inégalité parmi les hommes, précédé du *Discours sur les arts et les sciences*, éd. G. Mairet, Le Livre de Poche n° 4643, 1996.

Études critiques

BACZKO Bronislaw, *Rousseau, solitude et communauté*, Mouton, 1974.

BOUCHARD Marcel, *L'Académie de Dijon et le premier* Discours *de Rousseau*, Les Belles Lettres, 1950.

CROGIEZ Michèle, *Rousseau et le Paradoxe*, Champion, 1999.

EIGELDINGER Frédéric, « Un art de la provocation : le *Discours* de 1750-1751 et ses suites », in *J.-J. Rousseau face aux arts visuels, du* Premier Discours *au rousseauisme (1750-1810)*, Catalogue d'exposition sous la direction de Cecilia Hurley, BPU Neuchâtel – Institut d'histoire de l'art, université de Neuchâtel, 2001, p. 31-43.

EIGELDINGER Frédéric et TROUSSON Raymond (éd.), *Dictionnaire de J.-J. Rousseau*, Champion, 1996.

GOLDSCHMIDT Victor, « La "Constitution" du *Discours sur les sciences et les arts* de Rousseau », *Revue d'histoire littéraire de la France*, 72, 1972, p. 406-427.

STAROBINSKI Jean, *Jean-Jacques Rousseau. La transparence et l'obstacle* [1957], Gallimard, « Tel », 1976.

–, « La prosopopée de Fabricius », *Revue des sciences humaines*, 41, 1976, p. 83-96.

–, « Le premier *Discours*. À l'occasion du 250ᵉ anniversaire de sa publication », *Annales de la Société J.-J. Rousseau*, 43, 2001, p. 9-40.

TENTE Ludwig, *Die Polemik um den ersten* Discours *von Rousseau in Frankreich und Deutschland*, thèse, université de Kiel, 1974.

TERRASSE Jean (éd.), *Études sur les* Discours *de Rousseau* (Actes du colloque d'Ottawa, 1985), Association nord-américaine des études J.-J. Rousseau (Pensée libre 1), 1988.

TOUCHEFEU Yves, *L'Antiquité et le Christianisme dans la pensée de Jean-Jacques Rousseau*, Oxford, Voltaire Foundation, 1999.

TROUSSON Raymond, *J.-J. Rousseau. Mémoire de la critique*, Presses universitaires de la Sorbonne, 2000.

WOKLER Robert, « The *Discours sur les sciences et les arts* and its offspring. Rousseau in reply to his critics », in *Reappraisals of Rousseau. Studies in Honour of Ralph A. Leigh*, éd. M. Hobson [*et al.*], Manchester UP, 1980, p. 250-278.

Table

Composition réalisée par IGS-CP

Achevé d'imprimer en juillet 2010 en Espagne par
Litografia Rosés
GAVA (08850)
Dépôt légal 1re publication : juin 2004
Édition 03 – juillet 2010
LIBRAIRIE GÉNÉRALE FRANÇAISE – 31, rue de Fleurus – 75278 Paris Cedex 06

31/9319/0